誰も知らない小さな魔法

大庭賢哉 作・絵

静山社

目次

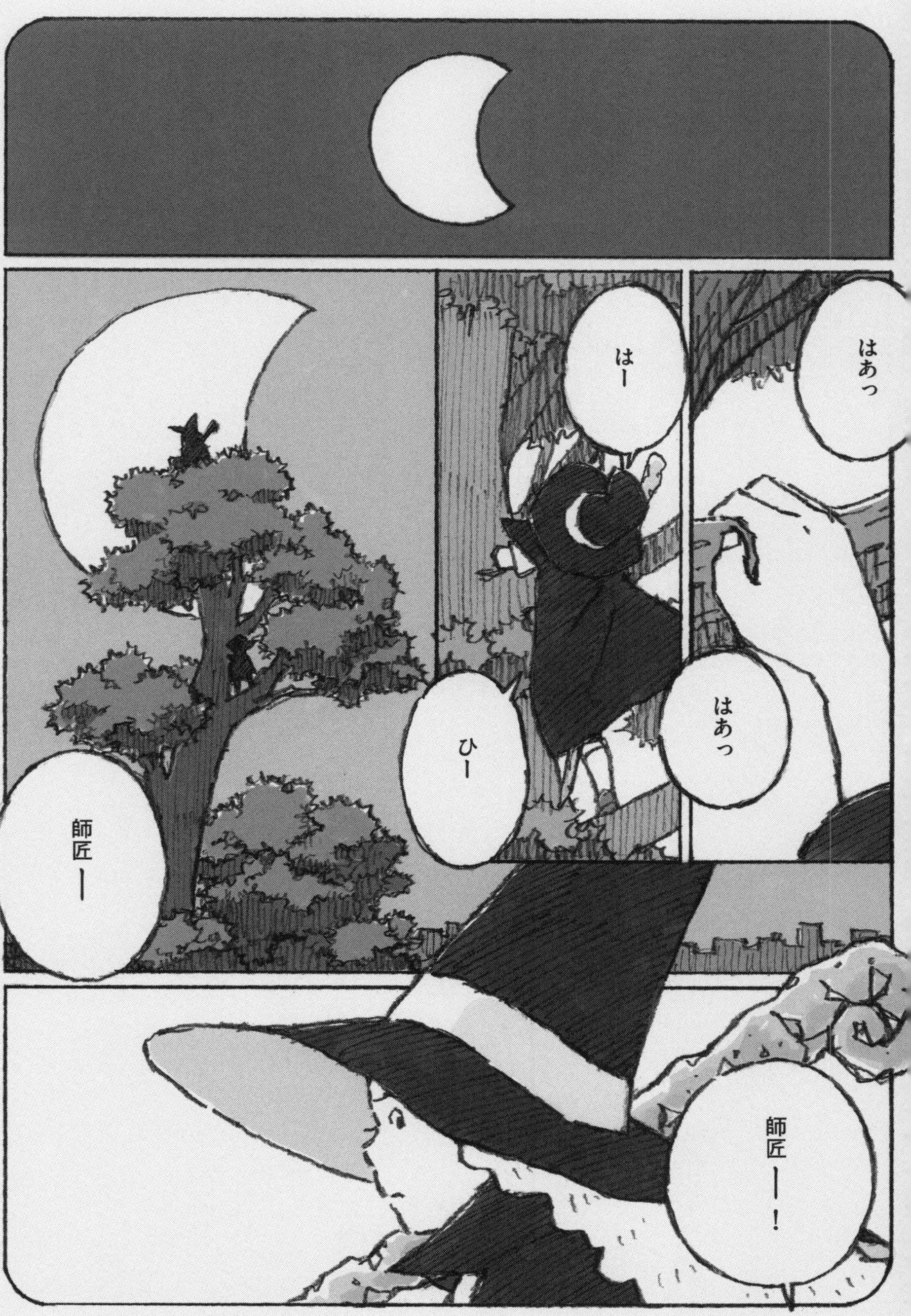
はあっ
はー
はあっ
ひー
師匠ー
師匠ーー！

ただいま到着しました
遅い！お前は木登りの魔法を忘れてしまったのか
そんなことないです魔法はかけてみましたただ全然体が軽くならなくて
ばかものそれが魔法を忘れているというのだ
そんなことより今夜の修業だ
あそこの家を見てみるがいい
あのベランダのある家

カーテンの間から男の子が外を見ているだろう
……魔法をかけるぞ
やった！また誰かの暮らしにちょっかい出すんですね俺そういうの面白いから好きです
人聞きの悪いことを言うなこれはそんなつまらんものではない
私たちの魔法は人々に様々な不思議を与えるものなのだ
ふーん
やっぱりちょっかい出しているだけなんじゃないかなあ…

ふーんじゃなくて
お前もいずれは
出来るように
ならなくては
いけないのだぞ
……
チカッ
え？
今ので
魔法終わり？
地味じゃない？
大切なのは
見かけでは
ないのだ
さあ
今からこの魔法が
どうなるか追っていく
見失わないように
ついてくるのだぞ
はーい

となりの
ミミ子

それは あるよく晴れた 夜のことだった
ホー ホー
…何だろ 今の声
もしかして フクロウ?
だとしたら こんな 住宅街の 裏山に いるなんて すごいぞ
食べ物 あげたら 来るかな
お母さーん
ドダダダダ
何か お肉!
どうしたの 突然に
いたんだよ 外に フクロウが
…どこに? 何も 聞こえないわよ
あれえ?
つまんなーい
出してきた ササミ しまって おいてね
といて ねー

お母さんも妹の葵《あおい》も、下の階に降りていってしまった。

僕《ぼく》は一人ベランダに残り、森からの声を待ったが、いつまでたっても何も聞こえてこなかった。

「やっぱり気のせいだったのかなあ」

お母さんに出してもらったササミを返すため、自分の部屋に戻《もど》ってベランダの窓を閉めようとしたとき、足元に目が行った。

「あれ？」

おかしの皿がからっぽだ！　おせんべいがまだ残っていたはずなのに。誰《だれ》かが食べた？　お母さんや妹ではないし……まさかさっきのフクロウ？　だとすると、来たのは僕《ぼく》が一階に行っていた間になるけれど、そもそもフクロウはおせんべいなんて食べるのかな？

僕《ぼく》はもう一度ベランダに出て、ササミを森の方へ差し出してみた。

「おーい出ておいで。今度はお肉があるよ」

ざぁぁぁぁぁ……

森からは風の音以外何も返ってこなかった。向こうを見ているとだめなのかな？

今度はササミをベランダに置いて部屋に戻《もど》り、窓と反対を向いて座ってみる。そして「わかったよ。後ろを向いているよ」と森にいる誰《だれ》かに聞こえるように言ってみた。

「……」

待ってみても何の気配も感じない。やっぱりフクロウなんていないのかな？　でも、それならおせんべいを持って行ったのはいったい誰《だれ》なんだろう？

そんなことを考えながらちらりとベランダを見る。

あれ!?

ササミのトレーがからっぽだ！　僕《ぼく》はあわててベランダへ飛び出した。

「おーい。いるのかい？」

「ホーオー」

目の前の暗闇《くらやみ》から声がする。答えてくれたのだと思った。

「……こんばんは」

「ホホッ」

あはっ！　やっぱりだ。

「ねえ君、かくれていないで出ておいでよ。そんな暗くてさびしい森に一人でいるなんていやだろ？

僕《ぼく》の名前は篠沢樹《しのざわいつき》、友だちになろうよ」

「ホホホッホホッ！」

ひときわ大きい声が返ってきた。その鳴き声はまるで僕《ぼく》を呼んでいるみたいに聞こえる。どうしよう。森に行ったら会えるかな？　そう思い始めたら気になって仕方がなくなってきた。

僕《ぼく》は急いで階段を降りて玄関《げんかん》で靴《くつ》をはこうとしたが、すぐにお母さんに呼びとめられた。

「あら樹《いつき》、何をしているの？」

「うん。これからちょっと裏山に行ってくる」

とたんにお母さんのカミナリが落ちた。

「こんな夜に外に行くなんてだめに決まってるでしょ！」

そりゃそうだ。不思議な気持ちで部屋に戻《もど》る。いくらフクロウがいるかも知れないからって、僕《ぼく》はなんで夜の森に一人で行こうなんて思ったんだろう？

ベランダから森をもう一度見てみたけれど、フクロウの声はもう聞こえなかった。

お兄ちゃん怒られちゃったねー
うん
ねえ なんでお外に行きたかったの
別に…
夜のお外は暗くて怖いオバケがいるんだよ？
うん

僕《ぼく》のクラスの4年2組に、転校生が来たのはその翌日だった。

「はじめまして。モリノミミコといいます」

黒板の前にかなこ先生と並んで立った眼鏡の女の子は、先生が黒板に「森野美々子《もりのみみこ》」と書いたあと、そう言ってぺこりとおじぎをした。

「みなさんミミ子さんと仲良くしてくださいね」

女の子は僕《ぼく》の横を通って一番後ろの空いている席に座った。

ふわっと横に広がった髪《かみ》の毛とおっきな眼鏡の女の子。とても印象的だけど、印象的なのはそこだけではなかった。

ミミ子は何か変な子だ。学校ではいつもぼーっとして居《い》眠《ねむ》りばかりしている。目は僕《ぼく》よりも悪いらしく歩くたびにドアや木にぶつかっている。ふだんは無口で、たまに話すときは何かとんちんかんだ。昨日も給食のときに「先生、おやつにおせんべいはないの？」と言って先生をびっくりさせていた。

そして
……
サッ
グ～
僕はどうもあの子にずっと見られているような気がしてならない
放課後
家庭訪問
今日訪問する予定の人はおうちの方によろしく伝えてくださいね
ではまた明日
としょしつ
森の生き
海辺の生き物
大古の生き物
パラ。。。
まあっおいしそう！
わ!!

突然《とつぜん》後ろから声がした。図書室には誰《だれ》もいないと思っていたので飛び上がるくらいに驚《おどろ》いた。振《ふ》り向くと、僕《ぼく》の肩越《かたご》しに図鑑《ずかん》をのぞきこんでいるミミ子がいた。

「ねえっ何してるの?」

「びっくりしたあ。調べ物中なんだからじゃましないでくれよ」

「ふーん」

ミミ子はまったく気にしないみたいにまだ本をのぞきこんでいる。やっぱりミミ子は変なやつだ。それに図鑑《ずかん》見ておいしそうって、今開いていたのはねずみのページじゃないか。

でもただのぞいているだけなので、気にせず僕《ぼく》はページをめくる。あの晩以降なんだかフクロウのことが気になって調べてみようと思ったのだ。『森の生き物図鑑《ずかん》』の鳥のページには、フクロウの仲間もたくさん紹介《しょうかい》されていた。

「あっこれアオバズクよ。私よく知っているの」

ミミ子が後ろから写真を指さす。

「そしてこれはコノハズク。こっちはシマフクロウで、そのとなりはオオコノハズクだよ。全部わかるよ。ふふふ、すごいでしょ」

僕《ぼく》も一瞬《いっしゅん》すごいと思ってしまったのだけれど、よく見たらどれも写真の下に名前があるじゃないか。ミミ子は横で鼻高々な顔をしているが、感心して損した！　僕《ぼく》はちょっとだけ腹が立ってミミ子に言い返してやった。

「へー、それはすごいね。でも僕《ぼく》なんか、この間、本物のフクロウの鳴き声を聞いたよ。この町の住宅街にフクロウがいるなんて知ってた？」

これにはミミ子も驚《おどろ》くかと思ったのだけれど、ミミ子はぱっと顔を輝《かがや》かせて僕《ぼく》の方をのぞきこんだ。

「そのフクロウに会ってみたい？」

「えっ？　うん、それはもちろん」

「よかった！　忘れていなかったのね。今日、君をフクロウの森に連れて行ってあげる」

帰り道、僕《ぼく》はミミ子が言った言葉をずっと考えていた。

「今日、君をフクロウの森に連れて行ってあげる」

ミミ子は図書室で最後にそう言った。……あいつ何で裏山のフクロウのこと知ってたんだろう？

うん
それは
もちろん

よかった！
忘れて
いなかったのね

それに夕方の六時半に森の入り口に来てなんて、もう夜じゃないか。行かせてもらえるわけがないよ。

帰ると、家の前に赤い小さな自動車が停まっていた。そうか、今日は家庭訪問の日だったっけ。お母さんとかなこ先生に気づかれないように庭に回ってこっそりと部屋に上がる。すると妹の葵《あおい》が玄関《げんかん》の方をのぞきこんでいた。

「葵《あおい》、何やってるの？」

「シーッ！」

僕《ぼく》も一緒《いっしょ》に見てみるとお母さんと先生が玄関《げんかん》で話をしていた。

「……ええ、ご心配なさらないで大丈夫《だいじょうぶ》ですよ」

かなこ先生の声だ。心配？　お母さん何か心配してるのかな。

「………樹《いつき》君は本当にまじめでおとなしい良い子なんですよ。でも、もう少しだけ自由にふるまえるとクラスになじんでいけるかも知れませんね」

妹が僕《ぼく》の耳元でささやく。

「お兄ちゃん、じゆうにふるまうって何？」

「さあね。知らないよ」

妹から目をそらして窓の方に顔を向ける。別にいいじゃないかそんなこと。

窓の外では夕日を背にした裏山の森がだんだん暗くなってきていた。

まもなく日が沈《しず》む。僕《ぼく》はベッドから体を起こして机の上の時計を見る。6時20分。ミミ子が言っていた時間が近づいてきた。電気を消したまま音を立てずに階段を下りる。

「お兄ちゃん、どこ行くの？」

玄関《げんかん》で靴《くつ》をはいていると妹がやってきて言った。

「ちょっとね。すぐ戻《もど》るよ」

「うそ！　夜に出かけたらいけないんだよ？」

妹の声に振《ふ》り返らず表の道路へかけだしたが、なおも後ろから声が聞こえてきた。

「怖《こわ》いオバケに連れて行かれちゃうんだから！」

僕《ぼく》はそのまま森へと急いだ。

玄関《げんかん》から道路に出て、裏山の周囲にそって進むと途中《とちゅう》に石だらけの細道がある。それが森への入り口。東の空が青紫色《あおむらさきいろ》に変わり、だんだんと薄暗《うすぐら》くなってきたけどもうすぐだ。

細道の手前、お地蔵さんの横に誰《だれ》か立っているのが見えた。

「よかった。もう来ないかと思ったよ」

ミミ子がこちらを見て手をふっていた。近くまで行くとミミ子はくるりと背を向けて、「こっちよ」と言って森の中へ歩き出した。昼間は散歩やジョギングする人が通るふつうの山道なのだけど、街灯がなく、この時間になるともう薄暗《うすぐら》くてなんだか心細い。ミミ子はどんどん歩いて行って怖《こわ》くないのかなあ。

しばらくすると道の向こうに車の赤いランプが光っているのが見えてきた。機械がうなるような音も聞こえる。さっき家の前に停まっていた赤い自動車だ。どうやら動けなくなっているみたい。

そばまで近づいてみると、運転席に乗っていたのはかなこ先生だった。エンジンは動いているのにタイヤが空回りして車はちっとも進んでいない。

「かなこ先生！」先生は車を運転しているつもりで前を見ながらハンドルを回している。僕《ぼく》らのことは見えていないようだ。

「大丈夫《だいじょうぶ》、心配ないわ。先に行きましょ」

ミミ子はそのままどんどん行ってしまうので、僕《ぼく》も後を追う。しかし先生はいったいなんでこんな道にいるのだろう。もしかして家庭訪問？　だとしたら誰《だれ》の家の？

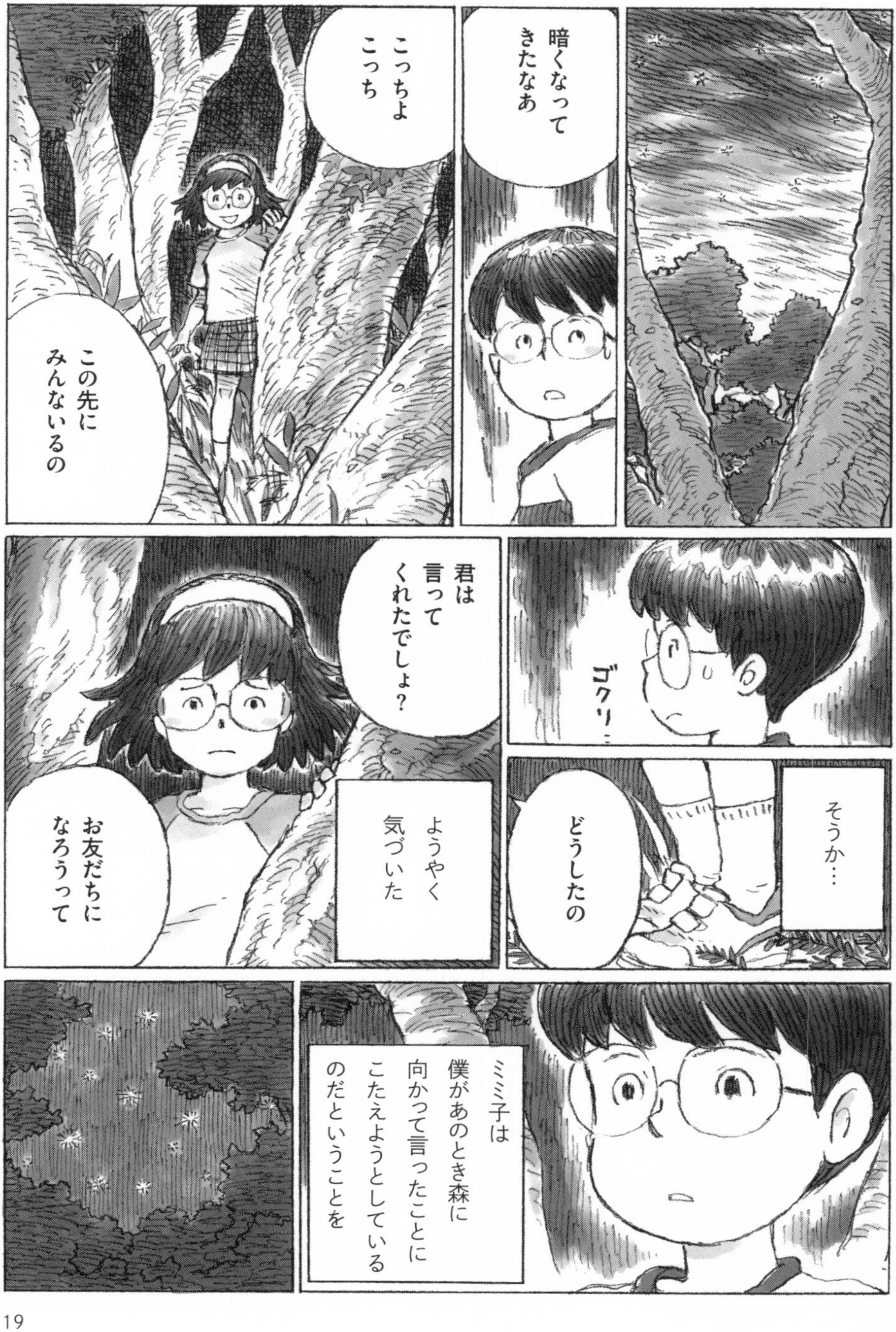

こっちよ
こっち
暗くなって
きたなあ
この先に
みんないるの
君は
言って
くれたでしょ？
お友だちに
なろうって
ゴクリ
どうしたの
そうか…
ようやく
気づいた
ミミ子は
僕があのとき森に
向かって言ったことに
こたえようとしている
のだということを

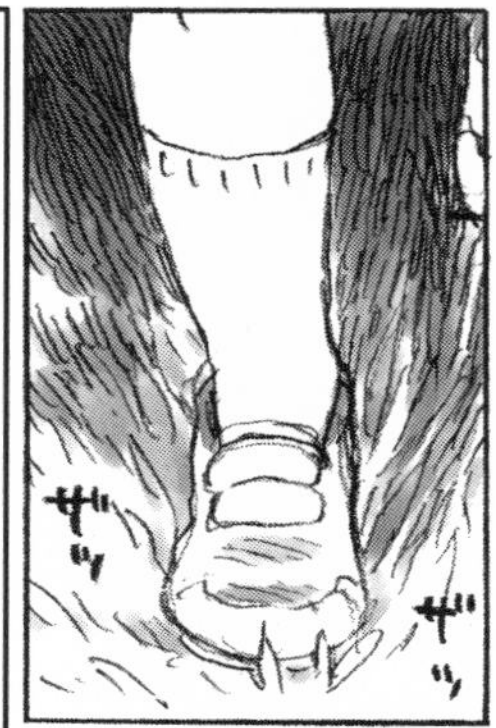

二人で夜の森を歩く。森は想像していたよりもずっと暗く、まるで黒い水の中を泳いでいるようだった。本当はとても不安なはずなのに、あたりまえのように両足を動かしている自分が不思議だった。

「あいたっ！」

ミミ子が木の幹にぶつかった。この暗さなので無理もない。

「タタタ……うっかりしてたわ。眼鏡なんてもういらないんだった」

ミミ子は、そう言って眼鏡を投げ捨てると、突然《とつぜん》真っ暗な森をものすごい早さで走り始めた。教室で居眠《いねむ》りばかりしていた姿とはまるで別人だ。

「もっとゆっくり！　ついていけないよ！」

「もうっ仕方ないなあ」

振《ふ》り向いたミミ子が手を差し出す。その手をにぎった瞬間《しゅんかん》、信じられないことが起こった。ただの闇《やみ》だったまわりが突然《とつぜん》見渡《みわた》せるようになったのだ。木も地面も自分の足下も全てが見える。

あっ
ギュッ
ブワッ
すごい！真っ暗なのに全部見える
あんなところに何かいるネズミ!?
下にはモグラが！
土のにおいも星明かりの照り返しも何かの寝息も全部わかる
ちっとも怖くない
夜ってこんなににぎやかだったんだ！

気がつくと、僕《ぼく》らは森の闇《やみ》を抜《ぬ》けて裏山で一番高い木の枝に立っていた。

目の前には夜の街がずっと遠くまで広がっている。

「僕《ぼく》の住んでいる街の明かりだ。はじめて見た」

それはまるで海の中にぽつんぽつんと浮《う》かぶ島のようで、それぞれが小さく頼《たよ》りなく輝《かがや》いていた。

となりでミミ子がその一つを指さす。

「ほら。あれが君の家だよ」

暗がりに小さい窓が一つ光っている。遠いのになぜかお母さんの顔まではっきり見えた気がした。

「ちっちゃくてさびしい光……」

「うん……」

僕《ぼく》はそう答えるしかなかった。


「じゃあ、そろそろ本当に行きましょ」

ミミ子が僕《ぼく》の顔を見つめて言った。

「ここからはもう君も飛べるわ。さあ、大好きなわたしのお母さんに会わせてあげる」

「……ありがとう。でも僕《ぼく》は帰るよ」

「どうして!?」

「だってほら、あそこに僕《ぼく》のお母さんが心配して待っているんだもの」

暗がりの中のちっちゃな光を見て、そこに帰らなくちゃって僕《ぼく》はそのとき思ったんだ。

「そうかあ……残念だわ。君の場所、あんなにさびしそうなのになあ」

「うん。でも僕《ぼく》にとっては大事な場所なんだ」


翌日、学校に行くとミミ子がいなくなっていた。そして先生もみんなもミミ子のことは全部忘れてしまっていた。どうやら最初からいなかったことになっているらしい。僕《ぼく》も遠くに見える森を見て、あの夜のことはもしかしたら何かの夢だったのではないかと思うことがある。

　それでも、部屋で本を読んでいるときや友だちと公園で遊んでいるとき、ふとしたときに思うんだ。あの時もしミミ子と一緒《いっしょ》に行っていたらどうなっていたのだろうって。

おーい 樹《いつき》 ボール そっちに 行った！
オッケー
あっ もう こんな 時間だ
本当だ
うん そろそろ 帰ろうぜ
暗く なる前に

今でも
うちのベランダには
時々フクロウがやってくる
相変わらず
姿は見せないけれど
感じでわかるんだ
この間は
葉っぱと
ドングリの手紙を
置いていった

残念ながら手紙には何も文字は書いてない。だけどそれは仕方がないんだ。だってあいつ国語の時間はずっと居《い》眠《ねむ》りしていたんだもの。

あの男の子家に帰って行きましたね
私の魔法がわかったかい？
フクロウを魔法で女の子に変えたんでしょ？
いいや、あれはミミ子が自分で人間に変身したんだよ
私はあの夜窓が閉まっているのにフクロウの声が聞こえるようにしただけだ
それだけでよかったのさ

ひみつの部屋

師匠
何ですか？
このからっぽの部屋
勝手に入っちゃっていいの？
もしかして空き巣の魔法の練習？
ばかもの そんな魔法があるか
まったく
今日は修業で来たのだ

ここはな明日からある女の子の部屋になるのだ
その子は引っ越しをしたくないと思っているのだが明日には家族みんなで引っ越してくる
今は誰もいない
いない…
ボウッ....
…のだが
さて、これからどうなっていくか見ていくぞまずは姿を隠そうか
魔法かけたよ
えー？誰もいないのに？

「お姉ちゃん、あのチョウチョちゃんとおうちの外に出られたかなあ」

弟の優太《ゆうた》がわたしのとなりでぽつりとつぶやく。今朝、出発の前に家に迷いこんだモンシロチョウのことだ。

わたしはそれに答えず、ずーっと窓の外を流れる景色を見ている。気にはなるけど……そんなこともういいわ。だってあそこに戻《もど》ることは二度とないのだし。

お父さんの運転するクルマは、思い出がいっぱいの町からわたしをどんどん遠くへと連れ去っていく。

「新しいおうちすごいね！」

玄関《げんかん》から奥《おく》へと続く廊下《ろうか》を走りながら優太《ゆうた》が言った。勢いのままツーッと足をすべらせクルリとこちらを振りむく。幼稚《ようち》園児の弟は初めての引《ひ》っ越《こ》しとこれから住む家にすっかり興奮顔だ。

でも、わたしは玄関《げんかん》に立ったままその言葉には答えない。そう？　すごい？　前の家の方がずっといいよ……心の中でつぶやいた。

三学期が終わり、わたしの家はお父さんの転勤でとなりの県に引《ひ》っ越《こ》すことになった。

ずっと来ないでほしかったのに、その日はあっという間にやってきた。お父さんのクルマにゆられて二時間半。「ここだよ」と言われた場所には今までよりちょっとだけ大きい二階建てのおうちが建っていた。

ブ〜〜
菜月《なつき》 あなた まだ ふてくされているの?
……
ママ 二階 上がってもいい?
ほら 優太《ゆうた》なんか あんなに 嬉しそうじゃない
あなた お姉ちゃん でしょ
だからよ
私は 小さい弟と 違って 近所にも 学校にも 大切な友だち がいたのに
これが わたしの 新しい家
わたしはこの 何も知らない町で これから 暮らしていくのだ

家の中は壁紙《かべがみ》がまだ新しく、フローリングの床《ゆか》はピカピカしている。きっと前に住んでいた人がきれいに使っていたのだろう。そしてカーテンがついていないからかな。どこを見ても明るい。家具の置き方を相談するお父さんやお母さんや走り回る優太《ゆうた》の声はするけれど、テレビや冷蔵庫がつながっていないので、生活の音がしなくて不思議な静けさだ。

玄関《げんかん》から廊下《ろうか》の奥《おく》をのぞくと二階へ続く階段があり、その横の部屋にはからっぽの棚《たな》と引《ひ》っ越《こ》しの大きな段ボール箱が何個もおいてあって、荷物が取り出されるのを待っている。

本当はこんなときってわくわくしなくちゃいけないのかな。

「菜月《なつき》も自分の部屋を見てきたら？」

お母さんに言われてしぶしぶ階段を上がる。

「机とか家具はもう入っているけれど、段ボールの中身は自分で開けるのよ」

目の前にドアがある。ここを開ければはじめてのわたしだけの部屋。喜んでいいことのはずなのに……。

カチャ

「あれ？」

ドアを開けると目の前にがらんとした部屋が広がっていた。窓からの光が床《ゆか》を四角く照らすだけで何もない。……机や椅子《いす》や段ボールも何もない？

「何これ、空っぽ！」

引《ひ》っ越《こ》し会社の人が家具を置く部屋を間違《まちが》えた？　それとも運ぶのを忘れてしまったのかな。


「お母さん、たいへん！　私の部屋、荷物が来てないよ」

「うそいいなさい。そんなわけないでしょ」

「だって本当なんだもん」

二階に上がってきたお母さんが私の部屋のドアを開けた。

「ほら、ちゃんとあるじゃない」

「え……あれえ?!」

なんと、ドアの向こうには全てちゃんとあった。窓の横には私の机と椅子《いす》と本棚《ほんだな》が、洋服ダンスはその反対側に。そして服や本など様々な物を詰《つ》めこんである段ボール箱は部屋の隅《すみ》にきれいに並べられていた。

しっかりしてよ忙しいんだから
?
?
トントン
もう一回確かめる!
そ〜〜
なんで?
何で私が開けるとこんなからっぽの知らない部屋に…

視線をぐるりと四方に向けてみる。

良く見るとこの窓、どこかで見たことある？　窓の外の景色も知っている気がする。こんもりと茂《しげ》ったつつじと、その奥《おく》の通りをへだてる金属の柵《さく》。わたしは今、二階にいるはずなのにこれはどう見ても一階の景色だ。

そしてよく覚えている床《ゆか》のひっかききず。だってこのきず、わたしが本棚《ほんだな》を動かした時につけてしまったものだ。

「ここ、元の家のわたしと弟の部屋だ!!」

そんな馬鹿なと思うけれど、この窓、この壁《かべ》、この床《ゆか》のきず。間違《まちが》いようがない。わたしは小さい頃《ころ》からここに住んでいたんだから。

何でドアの向こうが今朝お別れしてきたばかりの部屋につながっているの？

「優太《ゆうた》、ちょっと来て！　あんたこのドア開けてみて」

「いいよー。でも何で？」

「何でもいいからとにかくやってみて」

ためしに、わたしは弟の優太《ゆうた》にも、ドアを開けさせてみた。

カチャリ

「開いたよ。お姉ちゃんこれがどうしたの？」

ドアの向こうは家具と段ボールでいっぱいの新しいわたしの部屋だった。どうやら元の家の部屋につながるのはわたしがドアを開けたときだけらしい。

ということは……、つまりわたしは誰《だれ》かに開けてもらわないと、新しい自分の部屋には永久に入れないのだ！　それがいやならドアに重しでも置いてずーっと開けっぱなしにしておかないといけないということ？

わたしだけ出口が違《ちが》うこのへんてこなドア。どうしようか迷ったけれど、みんなには内緒《ないしょ》にしておくことにした。

次の日、わたしは誰《だれ》もいないときを見はからってドアを開けてみたが、ドアは引《ひ》っ越《こ》し前の部屋につながったままだった。そこは静かで何も無く、日の光が穏《おだ》やかに差しこんでいた。まるで時間が止まっているように見える。わたし昨日まではここに暮らしていたのに。

窓の近くで何かが飛んでいる。

「あっ、昨日のチョウチョ」

あっ
昨日の
チョウチョ

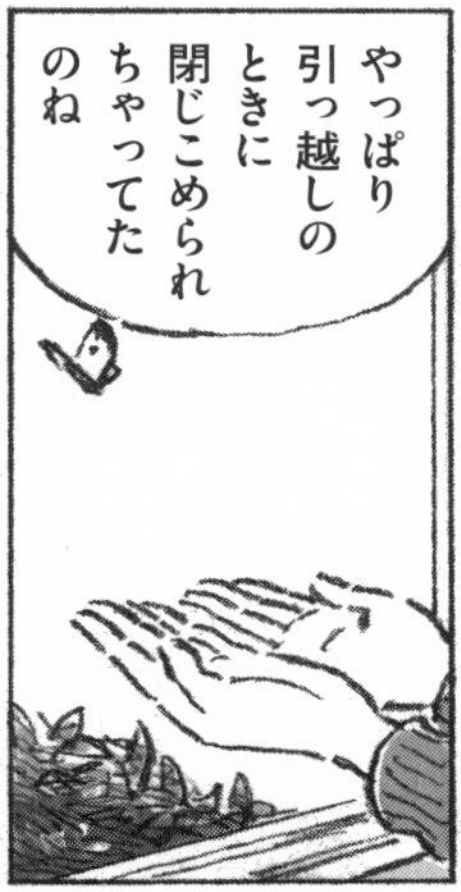
やっぱり
引っ越しの
ときに
閉じこめられ
ちゃってた
のね

昨日の引《ひ》っ越《こ》しのときに迷いこんできたやつだ。そのまま家の中に閉じこめられていたのね。

窓を開けてあげるとチョウチョはひらひらと空に舞《ま》い上がっていった。

「よかった……」

外からふわっと春の風が流れこむ。

「そうだ！」

わたしは急いで靴《くつ》を持ってきて、部屋の窓から外に出てみることにした。元の家のわたしの部屋は一階なのですぐに降りられる。

自転車や鉢植《はちう》えがなくなりさびしくなってしまったけれど、まだ全然懐《なつ》かしくない庭を抜《ぬ》け、門を開けて表の通りへ。あたりまえだけれど玄関《げんかん》の表札はもうなかった。

引《ひ》っ越《こ》してから一日だけたった元わたしの町。今ではクルマで二時間半、電車ではどう乗りかえたら行けるのかもわからない遠

よい
しょっと

い場所。少し歩いてみた。小さい頃《ころ》からよく知ってる道、家、木々や電信柱、土手を上るとゆったりと流れる川が見える。

景色は何も変わっていないのに、もうここにわたしはいないんだ。不思議な感じ。なんだか町に仲間はずれにされたような気がする。

「うん、いいよ」

「よかった！　じゃあ明日の二時ね」

曲がり道の向こうからよく知ってる声が聞こえてきた。そおっとのぞいてみると、楽しそうに並《なら》んで歩く女の子が二人。親友の遥香《はるか》ちゃんとクラスメートの沢口《さわぐち》さんだ。遊びに行く時間を決めているのかな。

今までのように声をかけたかったけれど、昨日お別れをしたばかりのわたしが飛び出してきたら二人ともびっくりしてしまうだろう。のどから出かかる声をぐっとがまんする。

春休みの間、わたしは何度もこの〝ひみつの部屋〟で一人の時間をすごした。今はもうからっぽだけれど思い出のつまった部屋。本やおかしを持ちこんで、遠くからかすかに聞こえてくる町の音にぼんやりと耳をすます。顔を上げると春の日差しでこまかいほこりがきらきらと輝《かがや》いている。

菜月《なつき》ちょっといいかしら
トントン
あら？
おかしいわね いつの間に出かけたのかしら
ポリ
……
もう夕方だ そろそろ戻らなくちゃ

弟の優太《ゆうた》は近所に新しい友だちが出来たみたい。時々連れてきては一緒《いっしょ》に家の中をドタバタ走りまわるから、ひみつの部屋はちょうど良い避難《ひなん》場所にもなっている。

そんなある日のことだった。

わたしがいつものように〝ひみつの部屋〟のドアを開けると、そこにはまたしても見知らぬ部屋が広がっていた。

「えっ？　今度はどこにつながってしまったの？」

中に入ってみる。目の前にはすてきな学習机。だけどわたしのものとは違《ちが》う。本棚《ほんだな》もカーテンもタンスもベッドも見たことがないものばかり。もし自分の部屋と似たものがあるとしたら、部屋の隅《すみ》に積まれているまだ開けられていない段ボール箱くらいだろうか。

しかし、よくよく見てみると窓からの景色は何も変わっていない。いや、床《ゆか》も壁《かべ》も天井も小さい頃《ころ》からずっと見てきたわたしの部屋そのままだ。違《ちが》うのは新しい家具や荷物だけ。

ということは……。

誰《だれ》かが新しくこの家に引《ひ》っ越《こ》してきたんだ！

あなた…
いったい誰？

そう思った瞬間《しゅんかん》、わたしの後ろから、聞き覚えのある扉《とびら》の音と、聞き覚えのない誰《だれ》かの声が聞こえてきた。

「あなた……いったい誰《だれ》？」

おそるおそる振《ふ》りかえると、そこにはわたしと同い年くらいの女の子が目を丸くして立っていた。

まずい！　どうしよう！　この状況《じょうきょう》をこの子になんとか説明しなくちゃ。頭の中で必死に文章を組み立てる。

「あの……、ち、違《ちが》うのよ？　わたし元々この家に住んでいたんだけれど、ドアがつながっちゃって……ね？」

だめだ、説明になってない。女の子はこちらを指さし何かを言おうと口をぱくぱくさせている。

もう、出来ることといったらさりげなく自分の家に戻《もど》ることだけだ。

「こうしてね？　一度ドアを閉める必要があるの」

あの……
ち　違うのよ？
わたしは元々この家に
住んでいたんだけれど
ドアがつながっちゃって
……ね？
パクパク

バタン。

第一段階完了《かんりょう》。言葉が出ず固まっているその子を放っておいて、あらためてドアを開けてみる。よし大丈夫《だいじょうぶ》、向こうにわたしの家の廊下《ろうか》が見えている。

「じゃ、じゃあまたね」

わたしはぎこちなく手を振《ふ》りながらドアの向こうへと後ずさる。ようやく自分の家に帰れた。後はドアを閉めてしまうだけ。

そのとき、ずっとぱくぱくさせていた女の子の口から言葉が漏《も》れ出した。

「お……」

何を言おうとしているのかな？

「お母さーん!!　ドロボウ！　ドロボウがー!!」

女の子はわたしの横をすり抜《ぬ》け、部屋の外へとかけだした。

お母さーん!! ドロボウ！ ドロボウがー!!
ええっ!?
何で下に降りる階段があるの!?
わけわかんない!!

どうしよう！　こっちはわたしの家なのに！

大声で逃《に》げる女の子の後ろ姿を追いかける。ややこしいが、元のわたしの部屋は一階だったけど、ドアの外は今のわたしの部屋がある二階になっている。もちろん一階に降りる階段があるのだけれど、この子がそんなことを知っているわけがない。勢いのまま階段に飛びこんで思わずつんのめる。

「何で下に降りる階段があるの!?　わけわかんない!!」

わたしは転がり落ちそうになる彼女《かのじょ》の手をつかんで必死にひっぱった。


窓の外から雲の薄紫《うすむらさき》と西日のオレンジがまじりあった色が差しこんでいる。わたしは新しい自分の部屋で女の子と話をしている。もちろんさっきの子だ。

「……というわけで、今のわたしの部屋と元のわたしの部屋がつながっちゃったのよ」

「何というか……びっくりしたけれど、おかしなこともあるものね」

女の子の名前は理絵《りえ》ちゃん。同い年で、思ったとおりわたしの家だった建物に、今日引《ひ》っ越《こ》してきたんだって。

この不思議な現象についてわかってもらえるか心配だったけれど、

「ま、ちゃんと帰れることがわかったからいいんだけれどね」

などと言っている。話してみたらそれなりに納得してくれたみたいでよかった。こまかいことはあまり気にしない性格なのかも知れない。例のドアはあの後で理絵《りえ》ちゃんに開けてもらって無事に自分の部屋に入ることが出来たってわけ。

そうしているうちに玄関《げんかん》が開く音がしてお母さんが帰ってきた。

「あら、いらっしゃい。もうお友達ができたのね。下に降りてこない？　お茶をいれてあげる」

お母さんは新しい町でお友だちが出来たと思って喜んでいるみたい。

当然だけれど、さっきまでのことは秘密にした。

「それで理絵《りえ》さんも引《ひ》っ越《こ》してきたばかりなんですってね」

「はい。だからまだ町のことはよくわからないんですけれど」

理絵《りえ》ちゃんは紅茶を口に運ぶ。お母さんはケーキを出してくれた。弟も帰ってきてちゃっかりテーブルを囲んでいる。

「でも近所は少し歩いてみたんです。大きな川があって水鳥がいて、いい場所だなあと思いました」

「そう、よかったわね」

理絵《りえ》ちゃんはわたしの引《ひ》っ越《こ》し前の町にあった川のことを言っている。お母さんはきっと、ここにそんな川なんてあったかしら？　と思っているに違《ちが》いない。

「理絵《りえ》さんはもう新しい町のことを自分でいろいろ発見しているのね。うちの菜月《なつき》なんて、元のところの方がいいなんて言って、まだうじうじしているのよ」

お母さんったら、もう！

「理絵《りえ》さんはどう？　さびしかったりはしないの」

「それは、ちょっとはさびしいけれど……。でもわたしはいろいろなことが新しくなるのって好きです。わくわくします」

「新しいお家は気に入った？」

「はい。わたしはじめて自分の部屋が出来たんです。とってもきれいで嬉《うれ》しいです！」

理絵《りえ》ちゃんの顔がぱっと輝《かがや》く。わたしは視線を紅茶の上に落としていた。

お茶の後は部屋に戻《もど》り、ベッドに座っておしゃべりをした。理絵《りえ》ちゃんは明るい子で一緒《いっしょ》にいると楽しい。ついつい話すのに夢中になってしまう。

「今日はありがとうね。わたし引《ひ》っ越《こ》してはじめてで、ずっと不安だったんだ」

「心配ないよ。菜月《なつき》ちゃんなら新学期から上手くやっていけるって……そうか、するとわたしは四月

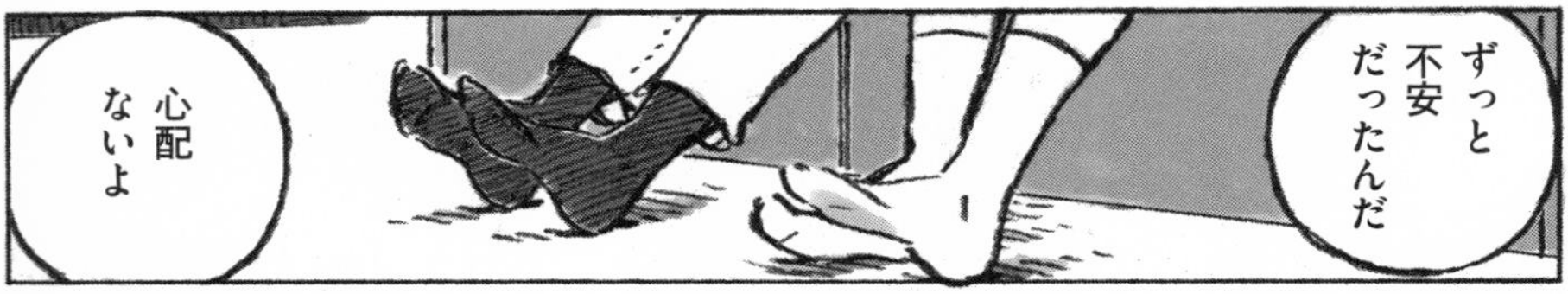

から菜月《なつき》ちゃんの元の小学校に通うわけだ」

なるほど、そうなるよね。理絵《りえ》ちゃんいいなあ。

「じゃあ、6年生はクラス替《か》えがないから、理絵《りえ》ちゃん、わたしがいたクラスに入ることになるかもね。もしそうなったら吉沢遥香《よしざわはるか》ちゃんって子がいるからお友だちになるといいよ」

「遥香《はるか》ちゃん？」

「うん。とっても良い子！　スポーツも勉強も出来るけれど、何よりやさしくて明るくて面白いの。理絵《りえ》ちゃんもきっと好きになるよ」

「へーえ、そうかあ。そこまで言われると、まだ会ってもいないのに気があうような気がしてきちゃった」

理絵《りえ》ちゃんが急に鼻息を荒《あら》くして立ち上がる。

「よし決めた！　わたし遥香《はるか》ちゃんと友だちになる！　わたしきっと菜月《なつき》ちゃんよりもっともっとすごい親友になっちゃうよ！」

あっ……。

わたしはきっとそうなるんだろうなと思った。大好きな遥香《はるか》ちゃんと陽気な理絵《りえ》ちゃん。二人が仲よくなったら嬉《うれ》しいのに、なぜかさびしい気持ちになっている。

理絵《りえ》ちゃんは、わたしの顔を見て「どうしたの？」とのぞきこんだ。


すっかり日は沈《しず》み、窓の外は紫色《むらさきいろ》がわずかに残るだけとなった。こんなに時間が早く過ぎてしまうのは久しぶり。

「理絵《りえ》ちゃんごめんね。すっかり遅《おそ》くまでお話ししちゃって」

「いいよいいよ。わたしも楽しかったし」

わたしたちはいったん廊下《ろうか》に出て部屋のドアを閉めた。

「これって菜月《なつき》ちゃんが開けないとだめなんだよね？　なんかややこしいね」

あははと理絵《りえ》ちゃんが笑う。

ふたたびわたしがドアを開けると、ドアの向こうは今まで二人がおしゃべりしていた部屋ではなく、段ボールが並んだ理絵《りえ》ちゃんの部屋になっていた。

「まだ段ボールの中身は全然開けてないんだ。これからやらなくちゃいけないと思うと、ちょっとめんどくさいなあ」

理絵《りえ》ちゃんは自分の部屋の入り口に立ち、わたしの方を振《ふ》りかえった。

「じゃあ帰るね。四月からがんばろ」

「わたし理絵《りえ》ちゃんが最初のお友だちでよかったよ」

「最初の？」

「うん。お互《たが》い引《ひ》っ越《こ》しをして最初の」

「うーん……。どうなんだろうね」

理絵《りえ》ちゃんの表情が少しだけ真剣《しんけん》になった気がした。

「わたしはきっと……最後の、なんじゃないかと思っているんだ。お互《たが》いに」

それから理絵《りえ》ちゃんは手を振《ふ》り、わたしの目の前でパタンとドアを閉めた。


理絵《りえ》ちゃんの言ったとおりだった。それから、あの不思議なドアが別の場所につながることは二度となかった。わたしたちは、それぞれの新しい日々がはじまる前に出会った最後の友だちだったのだ。

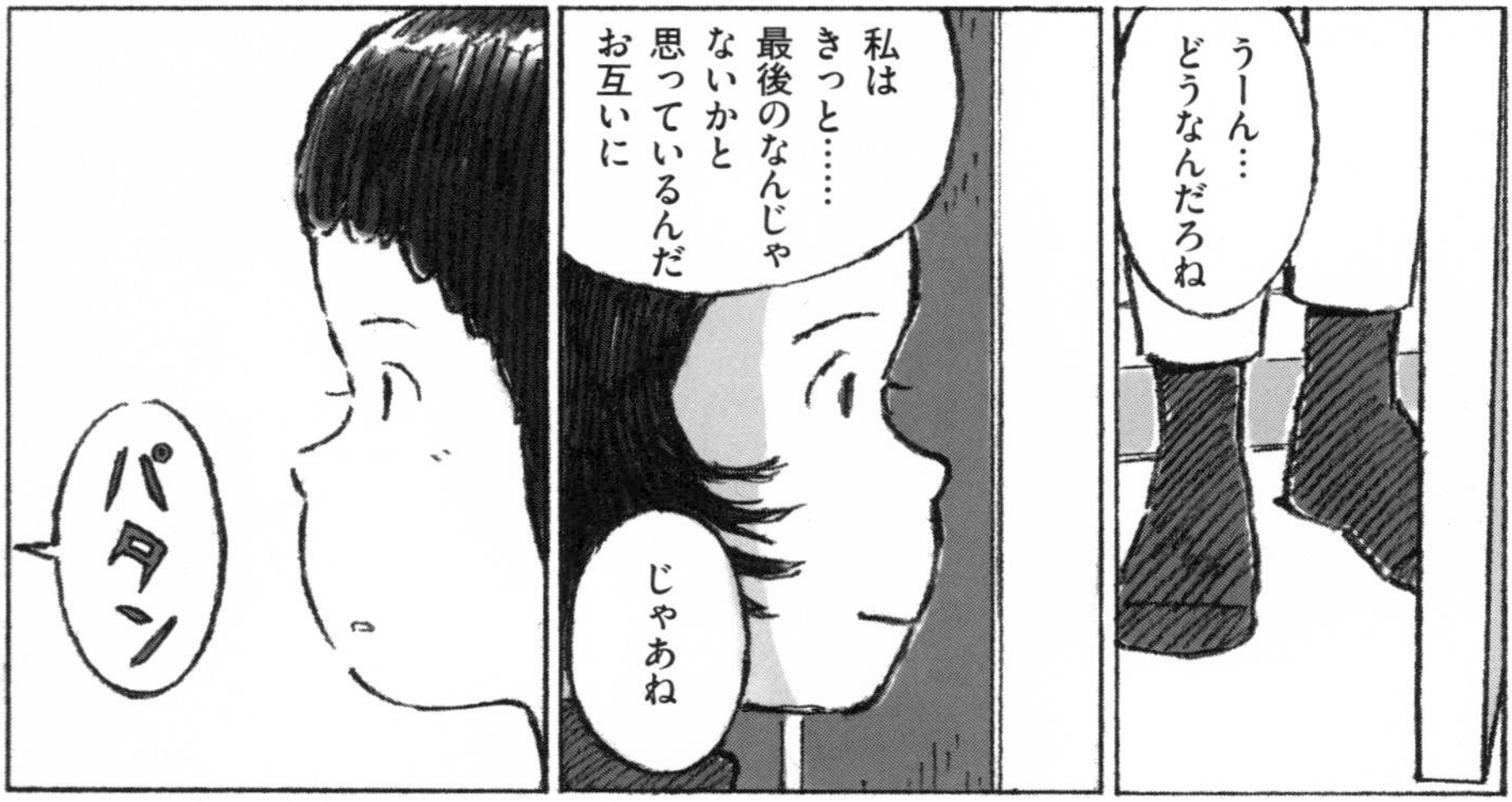
うーん…
どうなんだろね
私は
きっと……
最後のなんじゃ
ないかと
思っているんだ
お互いに
じゃあね
パタン

理絵《りえ》ちゃんはかつてわたしが住んでいた町で。
わたしは遠く離《はな》れたこの町で。
この間、ふと部屋の隅《すみ》を見たら柱に小さなきずを見つけた。
何本もあったので、きっと自分の背丈《せたけ》をはかっていたのだと思う。
この部屋にもわたしが来る前に暮らしていた子がいたんだ。
どんな子だったのだろう。わたしみたいな女の子だったのかな。

明日は 新学期 新しい日々が はじまる
わたしも まだ見たことのない 誰かと 友だちに なるのかな
きっと 理絵《りえ》ちゃんが 遥香《はるか》ちゃんと 出会う ように
そうならば わたしも 理絵《りえ》ちゃんに 負けないくらい もっとその誰かと 親友になりたいな
なれたらいいな
そんなことを なんとなく 考えていた

弟子よ、私がどんな魔法をかけたかわかるか?
えっと～
菜月《なつき》ちゃんと理絵《りえ》ちゃんの部屋を入れかえたんでしょう?
いいや私はただドアノブに魔法をかけてあげただけ彼女がドアをさわったとき彼女が望む場所につながるようにしたんだ
そうだったんだでもそれならなぜ理絵《りえ》ちゃんの部屋につながらなくなっちゃったんだろうせっかく友だちになったのに
フフフどうしてだろうね

コビトの
コビトの話

師匠！
こんな人の多い場所で魔法の修業なんて珍しいですね
シッ 声が大きい
誰かに聞かれてしまうではないか我々の正体は内緒なのだ
えー 俺みんなにしゃべって自慢したいのに
まあいいや注文注文と
すみませーんフルーツパフェとチーズケーキとあんみつと…
いや紅茶ひとつで
MENU

ところで
突然だが お前は コビトの存在に ついてどう思う?
コビト?
あはは! そんなのいるわけ ないじゃないですかー おとぎ話や 魔法じゃ あるまいし!
……まあいい 今日の修業だ 通りを 見なさい
ブツブツ
あの子 なんか考え こんでいる みたい
そう 見えるはずが ないものが 見えると 悩んでいる
いつもどおり 後を追って みようか

最近
わたしはなぜか
コビトが見えるように
なってしまった

それは決まって影《かげ》でしか姿を見せないが、シルエットは絵本や物語によく出てくる小さくて三角帽子《ぼうし》のあれだ。こんなことを言っても信じてもらえないだろうけれど、見えてしまうのだから仕方がない。夜になると本棚《ほんだな》の奥《おく》やゴミ箱の後ろからコビトの影《かげ》が突然《とつぜん》浮《う》かび上がり、出てくるだけではなく話しかけてもくるのだ。

いったいなんでだろう。この間作った新しい眼鏡のせい？　その原因となったファンタジー小説の読み過ぎのせい？　それとも……。

「それとも、これが〝悩《なや》める思春期〟ってやつなのかな。大人に一歩近づいたという証拠《しょうこ》？」

わたしは宿題の手を止めてポツリとつぶやいた。

なんか恥《は》ずかしいことを言ってしまった気がしてとたんに頬《ほお》が熱くなる。今のセリフなし！　そもそも中2って思春期なの？　だけどあいつが現れるのはいつもこういうときなのである。

「ほう。大人に近づいた、ですか。それはどうでしょうかねえ？」

ほら、勉強机の奥《おく》から声がする。……コビトだ。

机の暗がりをよく見ると、鉛筆《えんぴつ》立ての裏から腰《こし》に手を当てた小さな人の影《かげ》がのびている。頭が三角帽子《ぼうし》のシルエットになっている。間違《まちが》いない。

こうやって、コビトは現れてはわたしのやることに茶々《ちゃちゃ》を入れる。出てくるのは決まって夜なのだが、だからといって外国の昔話のように寝《ね》ているうちに靴《くつ》を作ってくれるわけでもないし、宿題をやってくれるわけでもない。それどころかわたしのやることなすこと口をはさみ、小言というかお説教までしてくるのだ。この前などは「君は世界が小さいね。もっと視野を広く持たないと」なんて言い出す始末。世界が、とか視野が、とか小難しいことを言ってわたしをごまかそうとする。失礼ね。大きい小さいならあんたの方がよっぽど小さいくせに。

するとわたしの考えていることを読んだかのように影《かげ》が言った。

「だって本当じゃないか。君は会うといつもこんなせまい部屋に閉じこもって、つまらなそうに机に向かっている。もっと外の世界を見た方がいいよ」

「誤解されるようなこと言わないで。それはあんたがこの部屋にしか現れないからじゃない。わたし、外に出かけているし毎日学校にも行ってるわ」

「まあ聞きなさい。僕《ぼく》なんかはね、こう見えて昔は結構冒険《ぼうけん》をしたもんだよ」

またお説教だ。コビトが冒険《ぼうけん》?

「言ってしまえば無鉄砲《むてっぽう》な旅さ。若さがさせたのかな。だが果てなき放浪《ほうろう》の末、水も食料も尽《つ》き果てた。もはやここまで……とさすがの僕《ぼく》も覚悟《かくご》を決めたのさ。しかしそのときだ。なんと目の前に壮麗《そうれい》な宮殿《きゅうでん》が現れたんだ。それは果てしなく高くそびえ立ち、闇夜《やみよ》にただひとつ輝《かがや》く様はまさに眠《ねむ》らない城。そのときの僕《ぼく》の驚《おどろ》きが君にわかるかい？　そこには巨大なおかしやジュースやおにぎりやお弁当、他にもあらゆる飲み物や食べものが整然と並び光に照らされ、ずっと音楽が流れていたっけ。君に伝わるかなあ。世界にはこんな場所だってあるんだよ。だから君も一歩を踏《ふ》み出しさえすれば……」

ちょっと待ってちょっと待って。コビトが言っている宮殿《きゅうでん》ってもしかして近所のコンビニエンス・ストアのことなんじゃないの？　確かに夜でも明るく電気が点いているしおかしもお弁当も売っている。コビトのサイズだとそんな距離《きょり》でも大冒険《だいぼうけん》で、単なるコンビニでも宮殿《きゅうでん》のような建物に見えてしまうんだわ。一見立派そうなことを言っているけど、わかってしまえばばかばかしくなってきた。

わたしはコビトが話すのをさえぎってやりかえした。

「へーそうなんだ。でもわたしはもっとすごいところを知っているんだから。たとえばピラミッドって聞いたことある？　あんたが見たというコンビニ宮殿《きゅうでん》なんかよりずーっとずーっと大きくて砂漠《さばく》に建っている石の三角形。それに地球の北と南には一年中氷が溶《と》けないほど寒い北極と南極という場所があって、とっても暑いアフリカには広大なサバンナや目もくらむような高さの滝《たき》があるのよ。あんた見たことも聞いたこともなかったでしょ」

コビトは鉛筆《えんぴつ》立ての後ろで黙《だま》って聞いている。圧倒《あっとう》されたのだろうか。

「それはすごい……。僕《ぼく》はまだそんな場所には行ったことがないよ！　だけど、君はそれら全部を自分の目で見てきたのかい？」

うっ……。痛いところをついてくる。

「ち、違《ちが》うけど……でもテレビでちゃんとやってたんだから」

「なーんだ。だったらそれらが本当にあるかはわからないじゃないか。自分の目で見てきたことをしゃべってくれよな」

こんな不毛なやりとりを毎晩繰《く》りかえしている気分を想像してみてほしい。わたしはだんだんイライラしてきて思わず言ってしまった。

「何よ！　偉《えら》そうに。そういうあんただっていつも影《かげ》だけで、姿そのものは見せていないじゃない。わたし知ってるんだから。コビトなんて本当はいなくて、錯覚《さっかく》が作るただの幻《まぼろし》だってこと」

そう言ったら、ゴホンというせきばらいが聞こえて一瞬《いっしゅん》の間の後、鉛筆《えんぴつ》立ての裏から十五センチくらいのコビトが姿を現した。赤い三角帽子《ぼうし》に青のつりズボン。いかにもという外見だ。

スッ
コビトがいない？
君は目の前に見えていることまで否定する気かい？
事実君の目の前にこうしてコビトはいるとは言っても僕自身は自分をコビトなんて思っちゃあいない
確かにそういう意味では僕はコビトではないかもしれない
だがいるんだよ・・・僕にとっての・・・コビトも
オーイ
どうだい御覧のとおりだ約1/10サイズといったところだ納得いったかな？
ハーイ
そして驚くべきことにこいつにもこいつ自身のコビトがいるらしいのだよ
ソウナンデス
これが果てしなく続いているのさでは次のコビト君どうぞ
出テオイデー
ハイハーイ

というぐあいに次々とコビトが現れた。今度はゴマ粒《つぶ》くらいの大きさでもうコビトなのかもはっきりしない。さらにその次となるともう粉砂糖の粒《つぶ》のようだ。次々に現れるコビトのコビト。悪い夢でも見ているような光景だ。

こんなデタラメあるはずがない。なにもかもインチキだ。それにこのままじゃ宿題が終わらない！

ガマンの限界。わたしはバンと机をたたいて、大声でコビトたちを追いはらった。

「もーいや！　コビトでも何でもいいから出て行って！　わたし宿題やらなくちゃいけないの！」

次の日学校へ行くと、朝からあくびばかりのわたしを心配した綾音《あやね》ちゃんが席までやってきた。

「そのコビトが出てこなくなりさえすればいいのよね……。そうだ。いいこと思いついた！」

それまで腕組《うでぐ》みしていた綾音《あやね》ちゃんが急に身を乗り出す。

「そのコビトは、自分よりさらに小さいコビトが果てしなく続いているって言ってるんでしょ？」

「そ、そうだけど」

「だったらそれをコビト本人に証明させればいいんじゃないかしら？」

何それ。どういうこと？

「コビトにこう言うの。『自分よりもっと小さいコビトはいますか？』という質問を自分よりひとつ小さいコビトに伝言で次々と尋《たず》ねていってほしいって。……た・だ・し」

「ただし？」

綾音《あやね》ちゃんがニヤリと笑う。

「一緒《いっしょ》にこう約束させるの。質問の返事が戻《もど》ってくるまでは絶対にわたしの前に現れちゃだめって」

そうしたら、最初のコビトからひとつ小さいコビトへ。さらにもうひとつ小さいコビトへ。さらにもうひとつ……と質問の伝言は無限に続くはず。

つまり最初のコビトは永遠に答えの返事を待ち続けることになって、もう現れなくなるに違《ちが》いないというのだ。

その日の夜、さっそくコビトに無限の伝言ゲームを言いつけてみた。これでコビトが現れなくなるなら大助かりだわ。

だけど本当に伝言が無限に続くほど小さなコビトたちがいたとして、彼《かれ》らは一体どんな世界を見て暮らしているのだろう。なんて、一方でそんなことが気になっているわたしがいたりする。やっぱりこれって悩《なや》める思春期なのかなあ?

「返事が戻《もど》ってきました」

次の日、学校から帰るとまだ夕方なのにいつもの声がした。勉強机に目をやると例のコビトがきまりが悪そうに立っている。

「どうしてあんたがいるのよ。答えが返ってくるまで出てきちゃだめって言ったじゃない」

「だから、今言ったように伝言の返事が返ってきたのです……」

コビト自身どうにも納得していないような口ぶりだ。

「コビトのコビトに果てはないんじゃなかったの?」

「それが……何でも35人目のコビトで伝言は終わって、それで返事が返ってきたようなのです」

なんと。コビトのコビトには終わりがあるらしい。しかも34人目が言うことには35人目は姿がぼんやり揺《ゆ》らいでいてよく見えなかったのだとか。何よそれ。

キツネにつままれたような話でいまいち納得できないのと、35という半端《はんぱ》な数字が気になって、わたしは近所の図書館で科学の本を調べてみた。

何についての本を探したらよいかよくわからないので手当たり次第に本を選んできて机に山積みにしてみたんだけど、一番最初に開いた講学館の『こども科学ライブラリー8・科学の発見の歴史』という本の中にいきなり「35」という数字を見つけることが出来た。一日かけても見つからないかもと思っていたのになんか拍子《ひょうし》抜《ぬ》け。これってかなりラッキーじゃない?

『最小の長さの単位・プランク長』

それによればこの世界のものの長さには「これ以上小さい長さを考えるのはもはや意味がない小さき」があるらしい。学者さんの名前をとって「プランク長」と呼ぶんだって。具体的には1.6メートルを10で35回割り算したくらいの長さらしい。

1.6÷10÷10÷10÷10……

うーん。この「÷10」が35個も続くってこと?? 私たちの体を作る細胞《さいぼう》よりも、その細胞《さいぼう》を作る原子よりも比較《ひかく》にならないくらい小さいのだそうだけど、そんなこと言われてもさっぱり実感が湧《わ》かないし。

でも大事なのはこの「35」という数字! あのコビトが言ってた最後のコビトの数と同じ。コビトのコビトに果てがあるのもそれが理由かも知れない。

がぜん興味がわいてきた。もしかしてこれってすごい発見かも。コビトからの伝言で35人目のコビトが見えているものを知ることができたらわたしは世界最高の顕微鏡《けんびきょう》を持っているのと同じことになるんじゃないかな。

わたしは大急ぎで自分の部屋に戻《もど》ってコビトを呼び出した。

「コビトさん、わたし例の35人目のコビトと話をしてみたいの。伝言してくれる?」

「了解《りょうかい》です」

世紀の実験の始まりだ。緊張《きんちょう》のせいで思わず口に手をそえ、小声になってしまう。

「まずは最初の質問ね。『こんにちは。わたしの名前は知紗《ちさ》といいます。あなたの名前を教えてください』」

「伝えます」

「こんにちは。わたしの名前は知紗《ちさ》といいます……」

「こんにちは。わたしの名前は知紗《ちさ》……」

「こんにちは。わたしの……」

コビトが横にいるひとつ小さいコビトにわたしの言葉を伝え、そのコビトが横にいるさらにひとつ小さいコビトへ伝える。言葉のリレーはバトンが渡《わた》されていくたびにかすかになり、やがて聞こえなくなった。

今わたしの言葉はどんな小さな世界に運ばれているのだろう？　どきどきしながら待っていると、今度はかすかなキイキイ声が聞こえてきて、次第にそれが大きな声となって近づいて来るのがわかった。

「伝言が返ってきました」

「本当？　早く教えて！」

「返事は『偶然《ぐうぜん》ですね。わたしも昼寝《ひるね》は大好きなんです』でした」

何よそれ。全然質問に答えていないじゃない。わたしの言葉は正しく伝えられているのかしら？　目の前のコビトに問いただすと「さあ、何ぶん35人越《ご》しの伝言ですから……」と何とも頼《たよ》りにならない返事。

もうっ！

「じゃあ質問その2。『あなたはそんなに小さくて何を食べて暮らしているの？』」

しばらく待つと返事が返ってきた。

「返事は『いえ、最近はすっかり出不精になってしまって』です」

だめだわ……。間にたくさんのコビトが入りすぎて伝言が正しく伝わらない。これじゃ世界最高の顕微鏡《けんびきょう》なんて全く無理じゃない。がっかりしていると、コビトが続けて言った。

そんなことより逆にコビトたちからあなたへの質問がたくさん届いていますよ
ワイ ワイ
本当？
「なぜこの部屋はこんなにおかしの食べかすが多いの？」
「なぜこの草原にはこんなにダニばっかりいるの？」

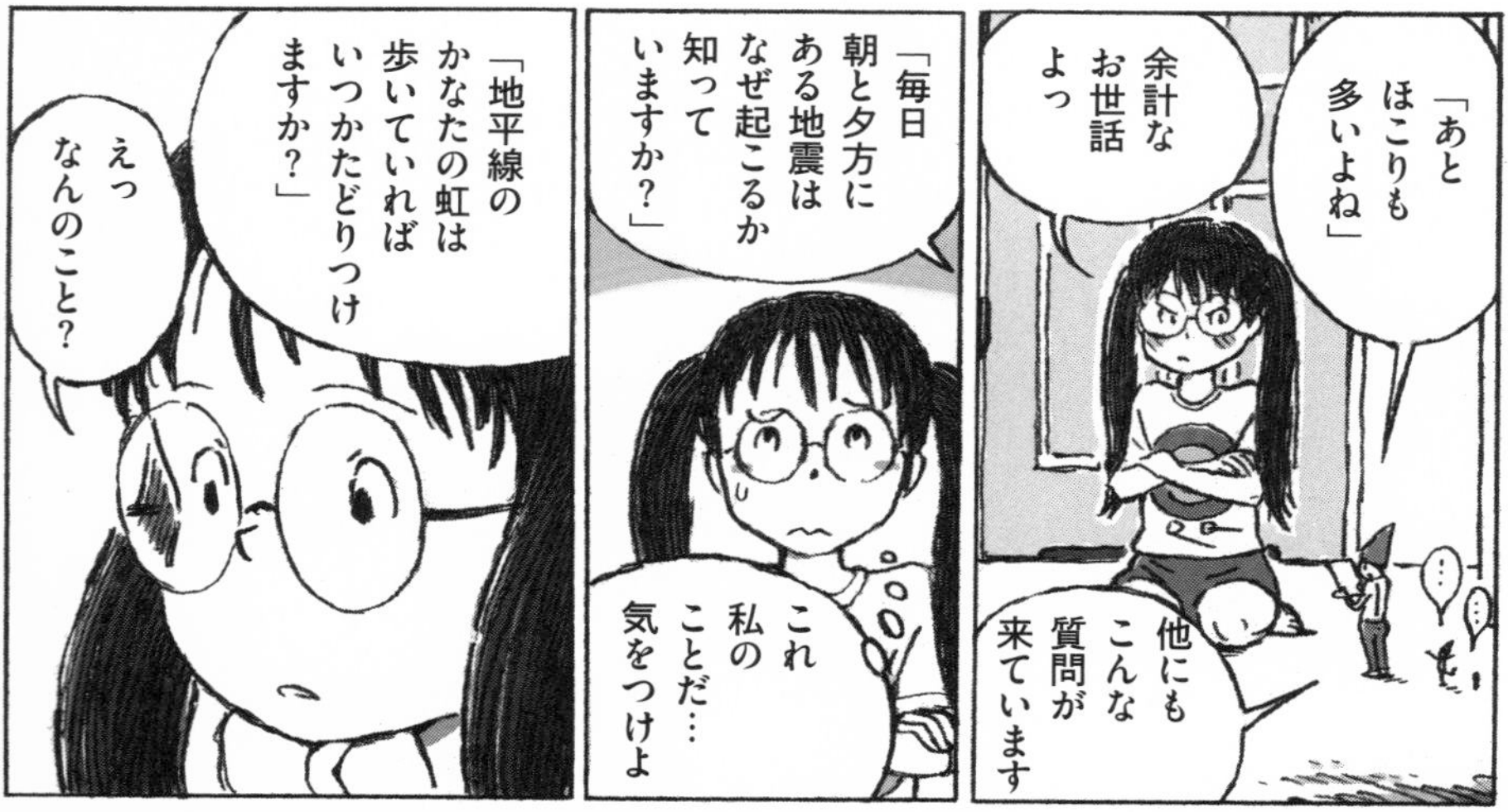
「あと
ほこりも
多いよね」
余計な
お世話
よっ
他にも
こんな
質問が
来ています
…
…
「毎日
朝と夕方に
ある地震は
なぜ起こるか
知って
いますか？」
これ
私の
ことだ…
気をつけよ
「地平線の
かなたの虹は
歩いていれば
いつかたどりつけ
ますか？」
えっ
なんのこと？

わたしは一瞬《いっしゅん》何を言っているのかわからなかったけれど、ふと顔を上げると部屋の壁《かべ》に貼《は》ったカレンダーが目に入り、そこには大きな虹《にじ》の写真が印刷されていた。きっとこれを見て遠くに虹《にじ》がかかっていると思ったんだわ。もしこの質問をしたコビトが壁《かべ》に向かって歩いていったとしたら、彼《かれ》が虹《にじ》にたどりつくにはいったいどれだけの時間がかかるのだろう……。

「こんなのもあります。『どうして水ってあんなに丸いんですか？』」

これも不思議な質問だけど、おそらく小さな世界では水玉が大きなボールのように見えるんだわ。見る人の大きさで世界の見え方ってものすごく変わるのね。

「さらにこんなのもありました。『どうしてお空や地面の向こうは白くて四角いの？　あの白いのが世界の果てなの？　その先には何もないの？』です。どうやら質問したコビトはここが君の勉強部屋の中だってことがわかっていないようです。笑っちゃいますね」

わたしは質問したコビトを笑う気にはなれなかった。確かにわたしはこの部屋の外がどうなっているかを知っている。だけどそれはコビトより体が大きいからなだけだし、そのわたしだって世界の果てがどうなっているかなんて全く知らないのだ。このコビトと何が違《ちが》うだろう。

「で、返事はどうしましょう?」

「そんなこと言われても……なんと答えたらいいかわからない。そりゃあこの部屋の外には学校だってコンビニだってあるわよ。でもそれが答えになっているとは思えないの」

「またまたー。らしくもないまじめなこと言っちゃって」

コビトは茶化すがわたしはかまわず続けた。

「だから、それはピラミッドも北極も南極もアフリカの大きな滝《たき》だったとしても違《ちが》うと思うの。うんと遠くの宇宙だって違《ちが》う。これも答えじゃないと思うの。やっぱりわたし何も知らなんだ。いつか質問に答えられるようにがんばってこれから勉強するよ」

……なんかまた恥《は》ずかしいことを言ってしまったかも。やっぱり今のセリフもなし! と思ったそのとき、コビトが振《ふ》り向いて言った。

了解です それで 返答して おきました
え？
待ってよ 今のは 答えじゃ ないのよ？
ワイ ワイ
ガヤ ガヤ
すごい！ 大反響 です！
ワーワーワー
ちょ… ちょっと あんた いったいどんな 伝言 したのよっ!!
スバラシイ！
そう だったのか
さすが！
ありが たや
ナムナム
感謝します
ありがとう 神様！
そんな 神様なんて ムニャムニャ…
パッ
あれえ？ 夢だったの かな
ゴシゴシ
やっぱりこれが 思春期ってやつ？

気がつくとわたしは自分の部屋の勉強机につっぷしていた。あれ？　わたし寝《ね》ていたのかな。すっかり日は沈《しず》んでしまい、暗闇《くらやみ》の中、時計だけがチッチと音を立てていた。

「コビトさん、コビトさん？」

返事はなかった。あれだけ騒々《そうぞう》しかったはずなのに、今はわたし以外の誰《だれ》かがいる気配は全く感じられない。

「やっぱりこれって全部夢……だったのかな」

わたしはボンヤリ周りを見まわし、そうつぶやいた。

それからわたしは勉強机に向かったまままこれまでのことを考えていた。

「わたしが神様か……ずいぶんと大げさね。でもコビト達にとってはそう感じられてしまうってことなのかな」

はるか小さなコビトから見ればわたしは巨人《きょじん》の巨人《きょじん》の巨人《きょじん》、それどころか想像さえできないほどの大きな何かなのかもしれない。

そこから、ふとこんなことに気がついた。

「でも、考えてみたら本当にわたしが一番大きい「巨人《きょじん》」なのかな？　コビトのコビトがいるのならその逆もまた……」

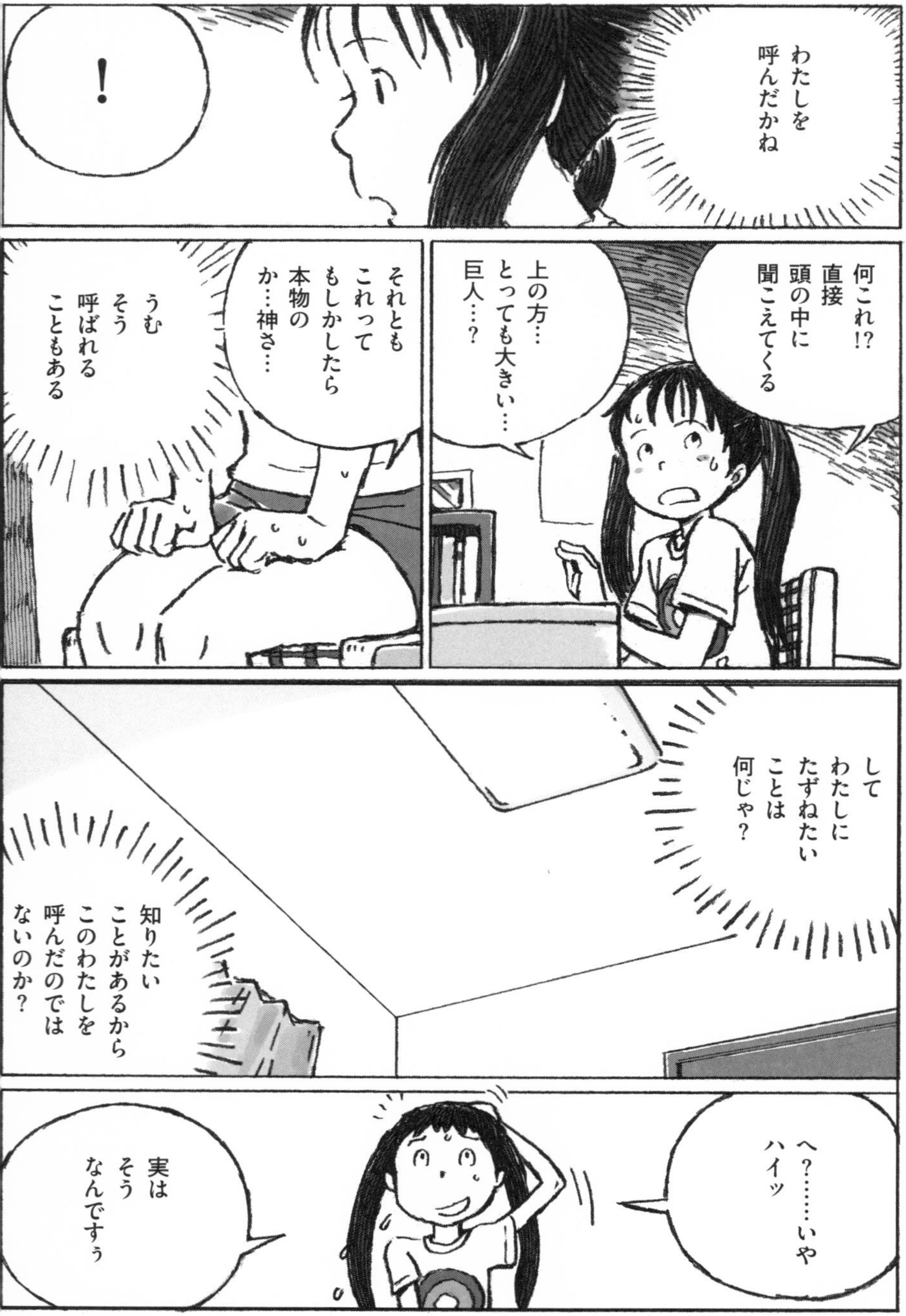
わたしを呼んだかね
!
何これ!? 直接頭の中に聞こえてくる
上の方… とっても大きい… 巨人…?
それとも これって もしかしたら 本物の か…神さ…
うむ そう 呼ばれる こともある
して わたしに たずねたい ことは 何じゃ?
知りたい ことがあるから このわたしを 呼んだのでは ないのか?
へ?……いや ハイッ
実は そう なんですぅ

知紗《ちさ》 これは チャンスよ！ 落ち着けわたし そして考えろ！ 考えるのよ…
わたし ずっと前から どうしても 知りたいことが あるんです
では 質問します…
教えてください わたし知りたいんです！
人は死んだらどうなるの？ 宇宙には果てはあるの？ 時間にははじまりと終わりはあるの？ クラスの松本君には 誰か好きな子はいるの？
シーーーーン…
よろしい そなたの 問い 確かに 聞き届けた
本当!?

「では今の問いはわたしよりもっと偉大《いだい》な『より大きな者』に責任を持って伝えておく。安心するがいい」

え？

「やがて答えが返ってきたらふたたびそなたの前に現れて伝えてやろう。楽しみに待っておれ……」

スウッと部屋に満ちていた緊張《きんちょう》感が無くなった。わたしはまだフラフラする足どりのまま窓を開け夜空を見上げた。

フラ…
今度は わたしが 生きているうちに 返ってくるの …かなあ？
返事…
はあ… 明日も テストだし もう寝よ
ピシャ

さて、これで
一件落着だな
今回は
俺でもわかります
魔法でコビトを
出したんでしょ？
いいや
私は彼女が
図書館で最小の
長さについての本を
見つける手助けを
してあげただけ
それにしても師匠
最後の上からの
声は何だったんで
しょうかね？
わからん
魔女だって
何でも知ってる
わけでは
ないのだ

いつもと
同じこと
しない同盟

うー暑い
魔法使いに
夏休みは
ないんですか?
ミン
ミン
VACATION
そんな
ものはない
ま、私は
来週魔女会議で
南の島に
行くがな
ATION
えー
いいなー
俺も連れて
行ってください!
ホント
かなあ?
何を
言っておる
遊びじゃ
ないのだぞ

ところで今日の修業はお前にやらせたいと思う
俺に？
そうだお前が魔法をかけるのだあそこを見るがいい
えっと部屋で寝っ転がっている男の子がいるけど
いかにも退屈してそうだがお前なら魔法をどう使う？
VACATION

あー
ガマン
できない
ジーッ
ジーッ
ミーン
ミーン
ドサッ
ジーッ
ジー
いったい
何を
ガマンできない
のかって？

それは僕《ぼく》の夏休みの全部に対してだ。八月ももう半ばになり、小五の夏休みもだんだん終わりが見えてきた。それなのに、毎日毎日、同じ時間に起きて、同じ時間に宿題しろと言われ、お昼はいつもそうめん。夏休みだというのに、お父さんの仕事が忙《いそが》しいからって旅行にも連れて行ってもらえないし、お兄ちゃんも中学校の部活で留守ばっか。公園に行っても暑いだけだし、友だちとゲームして遊ぶのもあきちゃった。宿題の絵日記も毎日同じ内容ばかり。同じ一日すぎて昨日と区別がつかないよ。

目の前には見あきた部屋の見あきた天井が広がっている。さらに言えば、こうやって寝転《ねころ》がっていることと自体がいつも同じじゃないか。手元にある漫画《まんが》を開いてみるが、繰《く》り返し読んでいて中身は全部わかっている。部屋の中をぐるりと見回してみる。いつもの机といつもの本棚《ほんだな》といつものカーテンだ。外は今日も快晴の真夏日。目をどこに向けても「いつも」しかない。何だか「いつもと同じ」に囲まれているような気がしてきたぞ。

何か面白いことしたいよ！

でも何かをするだけではだめだよなあ。だっていつもと同じになってしまうもの。うーん。じゃあ「しない」っていうのはどうだろう。あれ？　何もしないんじゃだめだよね？　体を起こし腕組《うでぐ》みをして考える。

しないをしない……しないをする？……いや待てよ？　同じ「しない」でも「いつもと同じことを

しない」ということは出来るんじゃないかな？

それだ！

そう思うと、見あきた部屋の中も急に真新しくなったように見えた気がした。まるで何かを発明した気分だぞ。僕《ぼく》は部屋の真ん中ですっくと立ち上がった。そして宣言をした。

「決めた！　これからはいつもと同じことはしない！　しないんだ！」

でもどうやって？

そこへ僕《ぼく》を呼ぶお母さんの声がした。

「聡《さとし》、お昼ごはんよ！」

一階の食卓《しょくたく》へ降りていくと昼食はやっぱりそうめんだった。いつもと同じだけれど、お腹の方もいつもと同じようにグーと鳴った。

「いただきます！」

冷たいそうめんがつるつるとのどをすべり落ちる。おいしいのでどんどん食べてしまう。夏はやっぱりそうめんだよね！……でも宣言した早々これでいいのだろうか？　いつもと同じことはしないんじゃなかったのか？

手元を見ると麦茶のコップが目に入った。

「麦茶の色……そうめんのおつゆと似てるよな……」

僕《ぼく》はおはしですくったそうめんをおそるおそるコップの中の麦茶につけてみた。

でもおつゆの味がしないだけで食べられないわけじゃないということはわかった。少なくともいつもと同じではないぞ。ちょっと発見をしたような気分だ。麦茶を飲み干して冷蔵庫からコーラを持ってくる。これもおつゆと同じ色しているよな。シュワシュワ炭酸がはじけているコップにそうめんをつけてみる。……甘《あま》いけれど思ったほど

ではないな。炭酸味のそうめんは大しておいしいとは思わなかったけれど、これだって食べられないことは無いぞ。またまた発見だ！　そこへお母さんがやってきた。お母さんは僕《ぼく》の大発見を見たとたんにまゆをキッと上げてこう言った。

「聡《さとし》、何やってるの！　食べ物で遊んじゃだめでしょ！」

お昼が終わった後も、僕《ぼく》はこの発見について考えていた。さっきはお母さんに怒《おこ》られちゃったけれど、いつもと違《ちが》う感じで面白かったな。でもそうめんにつけるものはおつゆの色と似たものである必要は無かったのかも。そう考えるとまだ「同じもの」にとらわれてる気がする。お皿を台所に下げた後、部屋に戻《もど》るため階段の下まで来た。いつもならそのまま二階にかけ上がるところだけれど……。

「まてよ？　このままふつうに上って良いのだろうか」

最初に手を階段にのせて、あえて四つんばいで登ってみる。小さかった頃《ころ》の上り方だ。それとも犬みたいかな？　うん、わざと頭を低くするとまるでがけ登りをしているようで楽しいかも。あっ、階段の隅《すみ》に十円玉見つけた！　ラッキー。

「わんわん！」犬の気分で階段を上がっていく。やっぱりいつもと同じことをしないのはいいぞ。そうだ、みんなにこの発見を教えてやろう！

僕《ぼく》は親友の二人に連絡《れんらく》をして、近所の公園に集合することにした。英生《ひでお》と祐介《ゆうすけ》。二人は幼稚《ようち》園からの友達で、いつも一緒《いっしょ》に遊んでいる仲だ。今日の発見を伝えるならば、まずはこの二人以外に考えられない。僕《ぼく》は公園入り口の階段を上り、かんかん照りを避《さ》け木陰《こかげ》で座っている二人の元にかけよった。

おーい
遅れてごめん

遅いよー
暑くて
死にそう

いやー
いつも通らない
道を通って
きたので
時間
かかっちゃった
え？
何それ？
なあ聡《さとし》
こんな所に集まって
どうすんだよ
話があるなら
誰かの家に行こうぜ

英生《ひでお》は太っていて暑がりなのでもう帰りたいらしい。顔から汗《あせ》がだらだら流れている。

「そうそう。暑いから家でゲームしようよ」

祐介《ゆうすけ》もだ。相変わらず頭の中はゲームのことばかりだなあ。

二人は早くも立ち上がって帰ろうとしているので、僕《ぼく》はあわてて引き留めた。

「待てよ、それじゃいつもと同じじゃないか。今日はだからこそあえて公園に集まったんだよ」

「同じじゃいけないのかよ」

英生《ひでお》がめんどくさそうにおでこの汗《あせ》をぬぐう。

「いけないとは言わないけれどさ、やることなんてゲームや漫画《まんが》くらいだし、それだって同じ物ばっかで、もうあきちゃってるじゃないか」

「それはそうだけど……どうせ夏休みなんてやることなくて退屈《たいくつ》だしな」

祐介《ゆうすけ》がそう言ったところで、僕《ぼく》はすかさず切り出した。

「だろ？　そこでひとつ提案があるんだ。すばり今日、僕《ぼく》らで『いつもと同じことしない同盟』を結成したいと思う」

「いつもと同じことしない同盟？」

二人はきょとんとした顔をして僕《ぼく》の方を見た。

「そう。夏休みももう真ん中だけれど、自分が毎日同じことばかりやってる気がしていやになっちゃったんだ。だからあえていつもと同じことをしないことに決めたんだ」

「同じことをしないってたとえば？」

英生《ひでお》が納得いかない顔でたずねる。

「えっと、たとえばそうめんのおつゆを………麦茶やコーラに変えて食べたりとか」

「うえ………聡《さとし》、それって面白いのか？　他には？」

「……あと、階段を四つんばいで上ったら十円拾った」

ううむ。言葉にしてみると全然大したことないかも知れない。わかってもらえるかなあ。

「まあ、お金拾うのはいいかもな」

「でも十円かあ」

二人ともピンときていない気がするけど、反対ではないみたいだ。

「とにかく、いつもと同じことをしないという同盟を作るから入らないかってこと！　どう？」

僕《ぼく》は二人の顔をのぞきこむ。はじめに口を開いたのは英生《ひでお》だった。

「いいよ。お前、たまにへんてこなこと思いつくよな。でも面白いかも。確かに毎日同じで退屈《たいくつ》だとは、俺《おれ》も思ってたんだ」

「よくわかんないけど僕《ぼく》も暇《ひま》してたしいいよ」

どうやら祐介《ゆうすけ》も賛成らしい。

「よし決まった！　今から僕《ぼく》らは、いつもと同じことしない同盟な！」

僕《ぼく》が同盟の結成を宣言すると、すぐに祐介《ゆうすけ》が立ち上がり言った。

「そうしたら僕《ぼく》の家行ってゲームでもやりながらくわしく相談しようよ」

「いや、祐介《ゆうすけ》の家行ってゲームじゃいつもと同じじゃないか。来いよ、今から出発しよう」

「おい聡《さとし》、行くってどこに？　そっちお前の家の方向じゃないぜ？」

公園の出口に向かう僕《ぼく》を見て英生《ひでお》がきょとんとしているので、二人にこう言った。

「もちろん！　だから、僕《ぼく》らがいつも行かない方向へ行こうよ」

「えー?!」

同盟はもうはじまっているのだ。

夏の午後の日差しの中、僕《ぼく》ら三人は公園を出て、知らない住宅地を歩いている。分かれ道があれば知らない方へ。どちらも知らなければより変わった道へ。

「俺《おれ》たちの家がどんどん遠ざかってる……」

振《ふ》りかえると、英生《ひでお》は早くもばて気味のようだ。

おい聡
どこ行く
つもり
なんだよ

そんなの
わからないよ
通ったこと
ない道を
歩いているん
だから
えっ
そうなの?

祐介《ゆうすけ》も額から汗《あせ》が流れている。目的地を決めないで歩くのはどこに着くかわからないのでわくわくするけれど、確かにこの暑さはしんどい。三人でさまよいながら何度目かの分かれ道を曲がった後、僕《ぼく》らは民家の横に置かれたドリンクの自動販売機《はんばいき》を見つけた。

「助かった！　何か買おうぜ。サイダーサイダー」

英生《ひでお》がかけよりさっそくお金を入れようとしている。でも僕《ぼく》らはいつもと同じことしない同盟だ。ドリンクを買うときもただ選んではいけない気がする。

「待った！　いつもと同じじゃつまらないだろ？」

「でも俺《おれ》、サイダーほしいよ」

「僕《ぼく》はオレンジ飲みたいな」

祐介《ゆうすけ》も財布からお金を出そうとしているので僕《ぼく》は二人にこう言った。

「ここはほしいドリンクの一つ左のものを選んでみようよ」

「それじゃあ俺《おれ》、サイダー飲めないじゃん」

「そこがいつもと違《ちが》って面白いんだよ」

「そんなもんかなあ」

三人はそれぞれ飲みたいと決めていたドリンクの一つ左どなりのボタンを押《お》すことになった。

「げー。ウーロン茶かよ。俺《おれ》、お茶なんて飲みたくないよー」

「英生《ひでお》はまだいいよ。僕《ぼく》はオレンジ飲みたかったのにイチゴミルクだよ」

英生《ひでお》も祐介《ゆうすけ》も文句を言いつつ、出てきたドリンクを飲み干している。

「ところで、聡《さとし》は何選ぶんだよ」

ウーロン茶を飲み終わった英生《ひでお》が言った。

「えっと、僕《ぼく》はスポーツドリンクが飲みたいんだけれど……」

三人の目線が自販機《じはんき》のスポーツドリンクのすぐ左へ向かう。そこにあったのは……「ひんや～りじゃがいもスープ」！

「ははは！　聡《さとし》、スープじゃん！」

「僕《ぼく》、イチゴミルクでよかったー」

英生《ひでお》と祐介《ゆうすけ》が妙《みょう》に喜んでいるけれど、どうも二人とも勘違《かんちが》いしているらしい。じゃがいもスープなんていつもは絶対選ばないからこれこそ大当たりなのに。自販機《じはんき》のボタンを押《お》して「ひんや～りじゃがいもスープ」を取り出した僕《ぼく》は、缶《かん》のキャップを開けて一気に飲み干した。いつも飲んでる甘《あま》いドリンクと違《ちが》って、塩気のある冷たいスープがのどを流れ落ちる。口の中にはコクのあるジャガイモの味と食感。まるでごはんを食べた後みたい。うん、いつもと違《ちが》うぞ。

うまい！
汗かいてるから
塩分も補給できるし
冷たくて
スッキリする
ひんやーり
じゃがいも
スープ
これはこれで
ありだと思う
えーっ
本当かよ！

予想外の反応だったみたいで、英生《ひでお》と祐介《ゆうすけ》は目を丸くして僕《ぼく》を見ていた。

ドリンクを飲んだ後、僕《ぼく》らはしばらく元気を取り戻《もど》したが十分も歩くと真夏の熱気でまた汗《あせ》が吹《ふ》き出してくる。道路の日影《ひかげ》をたどりながらようやく住宅地を抜《ぬ》けると自動車が多く通る広い道に出た。

「あっあれ本屋じゃないかな。ちょっと寄っていい？」

祐介《ゆうすけ》が指さした道路の向こうには大きめの建物と広い駐車《ちゅうしゃ》場があった。どうやらチェーン店の書店のようだ。

「いいじゃん行こうぜ。きっと中は涼《すず》

しいし」

英生《ひでお》も賛成らしい。そういう僕《ぼく》も暑さにはだいぶばてているのでちょっと休みたい。さっそくみんなで書店前の横断歩道に向かって歩き出した。

書店の中に入ると、今までの熱気が消えて、ひんやりした空気に包まれた。

「ひゃーっ助かった！　暑さで死ぬかと思ったよ」

英生《ひでお》はそう言いながら、あおぐようにTシャツをバタバタさせている。祐介《ゆうすけ》と僕《ぼく》もほっと一息ついて首のまわりの汗《あせ》をぬぐった。店内は外から見た印象どおり広々としていて、照明の下、いろんな本が並んでいる。平日の午後でお客さんはあまりいないようだ。

「僕《ぼく》、まだ夏休みの読書感想文やってないんだよね。読む本は大体決めてるからちょっと待っててよ」

そう言って祐介《ゆうすけ》は読み物コーナーへ行こうとしたのだけど、僕《ぼく》はまたまた思いついた。

「祐介《ゆうすけ》、待てよ、それじゃやることがいつもと同じだよ」

「じゃあどうするの？」

「ここは、あえて全くでたらめに選んだ本を買った方がいいんじゃないかなあ」

「えーいやだよ！」

「でも、いつもと同じことしない同盟としてはそっちが正解だと思うんだよな」

「そりゃそうだけどさー。やっぱりお金がもったいないよ」

確かに一人だけお金を払《はら》うのは祐介《ゆうすけ》に悪い気もする。

「わかったよ。じゃあ俺《おれ》と英生《ひでお》も一緒《いっしょ》に何か買うからさあ」

「俺《おれ》も!?……まあいいか。新しい漫画《まんが》ほしいなーとは思っていたし」

一応ではあるけど英生《ひでお》ものってきてくれた。

「うーん。それならいいかなあ……」

「じゃあ祐介《ゆうすけ》も賛成だね」

僕《ぼく》らは相談をして、本を選ぶときはほしい棚《たな》の前で目をつむって取ることに決めた。

まずは祐介《ゆうすけ》が読みものコーナーの前に立つ。

「うーん。緊張《きんちょう》するなー。こっちかな。いや、もう少し横の方で取ろうかな?」

目をつむった祐介《ゆうすけ》はそう言いながら数歩右に歩き、棚《たな》から本を一冊抜《ぬ》き取った。

「あれ? 『スーパー恐竜《きょうりゅう》バトル 徹底攻略本《てっていこうりゃくぼん》』だって。何で?」

「歩きすぎて読みものの棚《たな》を通りすぎたからな。お前、これで感想文書くの?」

英生《ひでお》がニヤニヤしながら祐介《ゆうすけ》の本をのぞきこむ。

「さすがにゲーム攻略本《こうりゃくぼん》で読書感想文なんて書けるわけないだろ。でもこのゲーム自体は好きだからまあラッキーだったかな」

次は英生《ひでお》が選ぶことになった。

「せっかく買うなら漫画《まんが》だな。俺《おれ》は漫画《まんが》なら何を引いてもオッケーなつもり。楽勝だぜ」

祐介《ゆうすけ》と同じように目をつむり、漫画《まんが》の棚《たな》から一冊取り出した。

「げ、『漫画《まんが》で読む名作　夏目漱石《なつめそうせき》の坊《ぼっ》ちゃん』だって。確かに漫画《まんが》だけどさあ……」

「だったら英生《ひでお》はこれで読書感想文やればいいじゃん」

祐介《ゆうすけ》はなぜか嬉《うれ》しそうだ。英生《ひでお》は複雑な顔をしている。最後はいよいよ僕《ぼく》の番だ。僕《ぼく》も二人と同じように目をつむる。ただし僕《ぼく》は手前の漫画《まんが》の棚《たな》ではなく、くるりと振《ふ》り向いて反対の全く知らない棚《たな》から一冊抜《ぬ》き取った。……大きい本だけど何の本だろう？　目を開けると手に持っていたのは『作って食べて！　究極の肉料理ガイド』という本だった。

「すげえ！　聡《さとし》、料理作るのかよ！」

「本当にそれ買っちゃうの？」

二人はそう言い、こちらを見てあーあ、といった顔をしている。またしてもわかってないなあ。いつもと全然違《ちが》うからいいんじゃないか。

「いや、これは当たりだよ。料理なんて作ったことないけれど、もしかしたらこの本ですごい料理が作れるようになるかも知れないだろ？」

「えーっ本当に？」

英生《ひでお》と祐介《ゆうすけ》は互《たが》いに顔を見合わせていた。

本屋を出るとまたむせかえるような熱気の中に放り出された。でもドリンクと冷房《れいぼう》で元気は戻《もど》ったからまだまだ行けそうだ。僕《ぼく》は振《ふ》り向いて二人に言った。

英生《ひでお》は目が合うと何かギクッとしたような顔になり、それに続いて祐介《ゆうすけ》があわてた感じで言った。

「あ、あのさあ。ちょっと提案。いつもと同じことをしないということなら、思い切ってバスを使うのなんかはどうかな？　ほら、あそこ」

指さす方向を向くと道路のわきに停留所があり、遠くからバスが近づいてくるのが見えた。

「なるほど。確かにそれは、いつもと同じじゃないかも！」

これは大賛成だ。

「だろ？　思い切って乗っちゃおうぜ。ほら、もう来ちゃうよ、早く！」

英生《ひでお》はそう言い、背中を押《お》してバスの方へと急かす。祐介《ゆうすけ》は早くも乗車口の前で手招きしている。

あわてて乗りこんだ僕《ぼく》らが席に着くとバスはすぐに動き出し、窓の外の景色が流れ始めた。そのとき、僕《ぼく》は大事なことに気がついた。

「ねえ祐介《ゆうすけ》、このバスってどこ行きだろう？」

「……さ、さあ。あの、急いで乗ったからね」

どうも口ぶりが気になったが、そうこうしているうちに景色が見覚えのあるものに変わってきた。

ここ僕《ぼく》たちの小学校じゃないか！　乗ったのは帰る方向のバスだったのだ。

「しまったなあ。行き先を確かめて乗ればよかった。でもこれはこれでいつもと同じではないからいいのかな？」

そう言って英生《ひでお》と祐介《ゆうすけ》の方を向くと、気のせいか二人ともほっとしているように見えた。

その晩、僕《ぼく》は買ってきた『作って食べて！　究極の肉料理ガイド』を読んでみた。肉料理の作り方の本で、どのページもおいしそうな料理の写真が並んでいて、見ているだけでお腹が減ってくる。うちでは出てこない料理ばかりだけど、どうしてお母さんは作らないのだろう？　こんなお店みたいな料理を、書いてあるとおりにやればコックさんでなくても作れるなんてすごいなあ。でもどうせ作るならただ作るだけではなく、何か工夫して世界にひとつのオリジナル肉料理を作りたいな。そうしたら英生《ひでお》と祐介《ゆうすけ》にごちそうしてやろう！

お兄ちゃんには「お前なんでこんな本買ったんだよ」なんて笑われたけれど、やっぱりいつもと同じじゃないのはいいなと思った。

翌朝は早く目が覚めた。時計を見たらまだ七時前だ。いつもなら「得した！　まだ寝《ね》られる！」ともう一度布団にもぐりこむとこだけど、今の僕《ぼく》は前とは違《ちが》う。布団から跳《は》ね起きた僕《ぼく》は、後ろ向きで階段を下りるとケンケンでトイレへ行き、そのあと洗面所でうがいした水をゴックンと飲みこんだ。

「今日も、いつもと同じことしない同盟がんばるぞ！」

さて、まずは何をしよう？　そうだ二人に電話をかけて今日何をやるか相談しなくちゃ。

僕《ぼく》ははじめに英生《ひでお》に電話をかけた。

「もしもし……。うーん、聡《さとし》、お前いくらなんでも朝早すぎじゃないか？」

どうやらまだ寝《ね》ていたようだ。声に元気がない。

「僕《ぼく》らはいつもと同じことしない同盟だろ？　だから、あえていつもかけない時間に電話してみたんだ」

そう言うと、また元気のない声で返事が返ってきた。

「その同盟なんだけどさあ……やっぱ俺《おれ》やめるわ」

「えっなんで!?」

「俺《おれ》、昨日それをやってさんざんだったんだよな。冷蔵庫の扉《とびら》を開けっぱなしにしたり、夕飯前におやつドカ食いしたり、いろいろしたけどみんな怒《おこ》られてさあ。特に姉ちゃんのシャンプー使ったのなんてにおいでばれてうんざりするほど説教されたぞ」

さらに、昨日買った『漫画《まんが》で読む名作　夏目漱石《なつめそうせき》の坊《ぼっ》ちゃん』で読書感想文書こうとしたらインチキするなってお母さんに怒《おこ》られたらしい。

英生《ひでお》は最後に「悪いな。まあまたふつうに遊ぼうぜ」と言って電話を切った。受話器を置くと今度は僕《ぼく》の方に電話がかかってきた。祐介《ゆうすけ》からだった。

「もしもし聡《さとし》？　朝早くからで悪いんだけれど……」

「全然悪くないよ。こんな時間に電話してくるなんて、さすが、いつもと同じことしない同盟だよ！」

「いや、それなんだけどさあ。僕《ぼく》、その……同盟やっぱりやめるよ」

祐介《ゆうすけ》は、昨日買った『スーパー恐竜《きょうりゅう》バトル　徹底攻略本《てっていこうりゃくぼん》』が祐介《ゆうすけ》の好きな『スーパー恐竜《きょうりゅう》バトル2』とは違《ちが》うゲームの攻略本《こうりゃくぼん》だったことでかなりガッカリしているらしい。そりゃそうだ。3年も前に出た古いゲームの攻略本《こうりゃくぼん》じゃ役に立たないよなあ。

「あと昨日飲んだイチゴミルクのせいだと思うんだけど、僕《ぼく》、昨日の夜からお腹こわしちゃってトイレから離《はな》れられないんだよ。だから同盟はもう……あ、まただ！」

祐介《ゆうすけ》からの電話がぷつりと切れた。

二人とも
だらしないなぁ
いいよ僕は
一人でも「いつもと
同じことしない
同盟」するから！

まさか英生《ひでお》も祐介《ゆうすけ》もやめちゃうなんて思いもしなかったけれど、なってしまったからには仕方がない。僕《ぼく》はすぐこれからの計画を考えはじめた。

さて今日はどこへ行こう？　いや、行き先を決めたらいつもと同じところにしか行けないぞ。とはいえ行き先を決めないのは昨日と同じだから、それだけではない何かが必要な気がする。とにかく、パジャマのままでは何も出来ないので僕《ぼく》は着替《きが》えをはじめた。いつものTシャツに腕《うで》を通しながら、いや、いっそセーターにジャンパー着て出かけるというのは？　一瞬《いっしゅん》そんなことを考えてみたけれど、さすがにそれは無理だと僕《ぼく》でもわかる。……暑さで倒《たお》れちゃうよ。

アイデアがひらめいたのは朝ごはんを食べているときだった。

「ごちそうさま。じゃあ行ってきます！」

僕《ぼく》がおかずをどの順番で食べるのが一番いつもと違《ちが》うだろうかと悩《なや》んでいる横で、あっという間に食べ終わったお兄ちゃんが食器を下げはじめる。今日もまた中学のバレー部の夏練習に行くのだ。足元に置いていたバッグを背負い、制服を着ずに部活のジャージで出て行った。

これだ！

僕《ぼく》は玄関《げんかん》へと走って行くお兄ちゃんを目で追いながら、残りの朝ごはんを一気にかきこんだ。

…よし
…ズボンが
ちょっとブカブカ
だけど
これはいいぞ！

今、僕《ぼく》は洗面所の鏡の前に立っている。そこには中学校の夏の制服を着た、ややサイズが不つりあいな小学五年生がいた。もちろん服はお兄ちゃんのタンスからこっそり持ち出したものだ。見れば見るほどこの服はいつもと同じではない。お兄ちゃんにとっては「いつも」でも僕《ぼく》には初めての体験だ。今日はこれで出かけよう！

僕《ぼく》はお母さんに姿を見られないように急いでリュックに荷物をつめ、玄関《げんかん》から「いってきます」と言って家を出た。

真夏の住宅街。人通りはなく日差しとセミの声だけが聞こえてくる。今日も空には青空が広がり、まだ九時前だというのに気温はぐ

んぐん上がってきていた。今、僕《ぼく》はお兄ちゃんの学生服を着て家の前に立っている。不思議だな。ただそれだけなのにいつもの自分じゃないみたい。

さあどちらへ行こう？　道は右にも左にものびている。少し迷ったけれど、僕《ぼく》は学校からも公園からも遠くなる方向へと歩き出した。

なるべく通らない道へ、なるべく知らない方向へ。

僕《ぼく》は細い階段を上り、橋を渡《わた》り、歩道橋を越《こ》えていつもと違《ちが》う面白そうな道を選んで歩いて行った。行き先を決めずに歩くのっていいな。少し大人になった感じがする。

神社の入り口を入ってみると、午前中のためか誰《だれ》もいないようだ。境内は木々が茂《しげ》って薄暗《うすぐら》く、まだ朝の涼《すず》しさが残っていてほっとする。石畳《いしだたみ》の道を進むと奥《おく》に神社の建物があり、手前の屋根の下におさいせんの箱が置いてあった。

「……入れてみようかな」

おさいせんは初詣《はつもうで》の時に入れたことがあるけど、それはお父さんから渡《わた》されたお金で、自分のおこづかいをただ箱に投げ入れるなんて考えてみたことも無かった。ちょっともったいないなと思いつつ財布の中の小銭を選ぶ。百円？　いやそれは無いよね。じゃあ十円？　うーん……やっぱり五円にしとこ！　五円玉には「ご縁《えん》がある」って言うし。

カラーン

人気のない境内におさいせんの転がる音が響《ひび》いた。

「いつもと同じじゃない一日になりますように」

目の前の鈴《すず》を鳴らし、手を合わせてからまた道路に戻《もど》る。次はどちらの道を行こう？　そんなことを考えていたら突然《とつぜん》後ろから声をかけられた。

「あれ、ヒロシ、今日部活じゃないの？」

振《ふ》り返ると少し離《はな》れた場所に男子がいた。背が高くて僕《ぼく》より年上に見える。ヒロシってお兄ちゃんの名前だけれど……まさかお兄ちゃんの友達!? 相手も僕《ぼく》の顔を見て驚《おどろ》いているようだ。

「えっ、ヒロシじゃないの？ もしかして君、ヒロシの弟……ってことはないよね？？」

「あっ、いや人違《ひとちが》いです！」

僕《ぼく》はあわててその場を立ち去った。あーびっくりした！ でも、これってさっきお願いした「いつもじゃない」ことだよね。早速おさいせんのご利益《りやく》があったのかな？

その後
しばらく歩くと
まわりにだんだんと
木や畑が増えてきた

目をこらすと
遠くに
小さい山が
あるのが
見えた
上に鉄塔のような
ものがあるけど
あれって何だろう?
がんばれば
あそこまで
行けるかな

立ち止まり、リュックを開いて水筒《すいとう》の水を飲む。お昼が近いらしく、足元の影《かげ》がずいぶん短くなっている。一休みしてふたたび歩き出したけど、すぐにまたのどが乾《かわ》き出す。ちょっと疲《つか》れてきたみたいだ。僕《ぼく》は自分がいつのまにかうつむいて歩いていることに気がついた。

「暑さでのせいかな? さっきから見てるのは足元ばかりじゃないか。これじゃつまらないぞ」

その時、急に前方の道路が暗くなった。雲で日差しがさえぎられたのだ。雲の影《かげ》はどんどん近づき、目の前までやってきた。この影《かげ》を作っているのはどの雲だろう? 僕《ぼく》は気になって空を見上げてみた。

「これだ!」

その瞬間《しゅんかん》、僕《ぼく》はそうつぶやいた。上だ! たま

には足元や前だけじゃなくて上を見て歩いたっていいじゃないか！　これはいつもと同じじゃないぞ。空の上では今まさに太陽が隠《かく》れるところだった。ふっと光が消えると暑さが少しやわらいだ。

今、僕《ぼく》は上を向いたままで歩いている。目に見えているのは空と道路脇《わき》の木と電線だけ。そのかわりにセミの声や鳥の声、木が風にそよぐ音、遠くの大きな道を走る自動車の音とか、いつもは気にしないまわりの音も不思議と耳に入ってくる。ふたたび太陽が顔を出し、通り過ぎる木々の緑が鮮《あざ》やかになる。とてもきれいだけれど、そのままだとまぶしくて目を開けていられないので、僕《ぼく》は目の上に手をかざして歩くことにした。

送電線の下をくぐる。通りすぎるにつれ、頭上に渡《わた》されたたくさんの電線がそれぞれのグループにまとまってゆき、またバラバラに広がっていく。流れる雲のはるか上では豆粒《まめつぶ》のような飛行機が白い線を引きながら飛んでいる。さっきの送電線にとまっていたカラス達が飛び立って僕《ぼく》の上を追い抜《ぬ》いていく。そうか、僕《ぼく》の頭の上ではいつもこんなことが起こっているんだ。

「ママー。あのお兄ちゃんずっと上向いて歩いてるよ？」

道の反対側から小さな子の声が聞こえる。でも僕《ぼく》はそんなことは気にしない。だって、いつもと同じことしない同盟だからね！

「ぶつかるね」

ぶつかる？　はっとして立ち止まり正面を見ると、目の前にバス停の看板が立っていた。あぶなかった！　時々前は見ないといけないらしい。

そこから僕《ぼく》はバスに乗ることにした。長い時間歩いて疲《つか》れたというのもあるけれど、昨日のバスとは反対の家から遠くの方へ乗ってみたかったのだ。窓から流れる景色や停留所の名前もすっかり知らないものになっている。今、僕《ぼく》はどこにいるのだろう？　ちゃんと家に帰れるように今までの道のりをメモしておかなくちゃ。そうか、いつもと同じじゃないやり方でどこかに行ったら、いつもと同じようには帰れないのだな。それってわくわくするけど、ちょっと怖《こわ》いことだなとも思った。

そのときだった。

「あっ、さっきの！」

知らない建物と建物の間から知っているものが一瞬《いっしゅん》だけ見えた。今日の歩き始め、はるか遠くに見えた小さい山だ。山も頂上の鉄塔《てっとう》も前よりずっと大きく見えている。そうだ、今日のゴールはあそこにしよう！　僕《ぼく》は急いでボタンを押《お》し、次の停留所で降りることにした。

「中学生は大人料金だよ」

運転手さんに呼び止められてびっくりした。僕《ぼく》、中学生になってたんだっけ！

バスを降りた僕《ぼく》は、リュックに入れてきたかしパンをお昼がわりに食べて、さっき窓から見えた建物へ向かって歩き出した。はじめは道路ぞいの建物にじゃまされて全然見えなかったけれど、路地を抜《ぬ》け、川ぞいの道に出ると住宅地の後ろに小山が現れた。

頂上の鉄塔には
お皿のような
丸いものが
ついている

どうやらアンテナのようだ。知ってしまえばなーんだといった感じだ。それよりも実際にここまで来られたんだということが嬉《うれ》しかった。

しばらく歩き、山の近くまで行くと入り口に案内の看板が立っていた。それによれば頂上は小さい公園になっているらしい。坂道は舗装《ほそう》されていて散歩コースになっているので楽々登れるけれど、アンテナがあるのは公園の反対側だ。

僕はわざと道をはずれて
茂みを登り
鉄塔を目指した
ザザ

やった！
ついに来たぞ
大きいなあ
遠くから
見たときは
針みたい
だったのに

その反対側は
ひらけていて
街の景色が
遠くまで
広がっていた

僕の家の方角だ
きっと今日
通った道が
全部見えて
るんだろうな

ザァア……
気持ちのいい
場所だな
こんなところに
来ることが
出来たなら
今日の「いつもと
同じことしない」は
ここまででもいいかな
と思った

驚《おどろ》いて振《ふ》り返ると、女の子が鉄塔《てっとう》を背に不思議そうな顔で僕《ぼく》をのぞきこんでいた。知らない学校の制服を着ていて中学生くらいのように見える。

「ごめんね。わたしさっきからいたんだけれど、びっくりさせちゃった？」

固まっている僕《ぼく》を見て女の子はそう続けた。

なんで？　どうしよう？　女の子に話しかけられちゃった！　しかもたぶん相手は中学生。僕《ぼく》はあわてて立ち上がり、口の中でごにょごにょ言いわけして逃《に》げ去ろうとしかけたが、ふと今朝の神社のことを思い出し立ち止まった。そうだ。これじゃあお兄ちゃんの友達に会ったときと同じだよ。

「いつもと同じことしない同盟」ならばそ

れではいけないんじゃないのかな？　恥《は》ずかしいし、緊張《きんちょう》するけど、僕《ぼく》は勇気を振《ふ》りしぼって女の子の方へ顔を向けた。

女の子は僕《ぼく》がなぜこんな格好をしているのか聞いてきたので「同盟」のことを話した。

「へー。いつもと同じことしない同盟？　それでそんな格好なんだ。面白いね」

女の子は目を丸くしながらそう言った。これってほめられたのかな？

さらに僕《ぼく》はたくさんのいつもと違《ちが》う何かを選んだことで、このアンテナの場所を見つけたことを話した。

「それってここのこと？　わたしにとってはいつも来ているふつうの場所だけれどね」

来てるって いつも？
うん

一人で 考えたいことが あるときに はね…

そうだ
君に聞いて
もらおうかな
ちょっと
わたしの話を
していい？

「えっ？　あ……うん」

「ありがとう。へんなお願いだよね」

女の子に真剣《しんけん》な顔で言われて何だかドキドキしてしまった。へんな返事をしちゃったけれど、本当に聞いてみたいって感じたんだ。

僕《ぼく》は女の子が話し始めるのを待った。

「こんな話しても面白くないかもと思うけど、あのね、わたし、小さい頃《ころ》からピアノを弾《ひ》くのが好きだったんだ。ピアノって鍵盤《けんばん》をたたくとそこから音の姿をしたいろいろな世界が生まれてくるの。可愛かったり優しかったり、ときにはちょっと怖《こわ》かったり。それが不思議で、嬉《うれ》しくて、ずっと夢中で練習してきたの。だから高校は音楽を教えてくれる学校に行きたいのね。お父さんとお母さんはすごく応援《おうえん》してくれていて、都会の有名な高校を受けてもいいと言ってるの」

「それってだめなの？　僕《ぼく》にはいいことに思えるけど」

「そうね。でもそうなると家を出て親戚《しんせき》の家から通うことになるの。わたし、両親や友だちと離《はな》れるのはさびしいし、いやなんだ。私はいつもと同じこの景色が好き」

女の子は目の前に広がる風景を見つめてそう言った。

「毎日学校へ通う並木道が好き。商店街の雑貨屋さんの窓から見えるいろんな置物が好き。川で遊んでいる水鳥が好き。夕日に照らされた山の上のアンテナが好き……」

そこまで言って顔を僕《ぼく》の方に向けた。

「君はどう思う?」

僕は
わからなくなって
しまった

いつもと同じ
じゃない方を
選んだらいいなんて
簡単に答えることは
出来ないこと
なんだと思った

僕《ぼく》の「いつもと同じ」と女の子の「いつもと同じ」。いつもの場所と知らない場所。頭がこんがかりそうだけれど何か言ってあげたい。僕《ぼく》はよくわからないまま、女の子に話しかけていた。

「えっと、思ったんだ。僕《ぼく》のいつもと同じは、本当に退屈《たいくつ》でいやになっちゃうんだけど、そうではないいつもと同じもあるんだって。でも、それって全然違《ちが》うわけではなくて、いや違《ちが》うんだけど、それはもし遠くへ行っても同じなんじゃないかって。同じ？　違《ちが》うかな？　……あーもう！　やっぱりわけわかんなくなっちゃった！」

僕《ぼく》がそう言うと、真剣《しんけん》な顔で見つめていた女の子が急に笑いだした。

「あははは！……いや、ごめん笑っちゃって。ありがとうね。ちょっと気持ちが楽になったよ」

女の子はそう言って立ち上がり、両腕《りょううで》を上げてのびをした。

「遠くへ行っても同じ……か。そこにもいつもと同じ景色、あるかな？　まあ、どちらにせよ、よく考えて自分で決めなきゃだよね」

夏の太陽がようやくかたむきだし、気持ちのいい風が吹《ふ》いてきた。

「そろそろ行こっかな。君も帰るでしょ？」

「うん」

女の子と一緒《いっしょ》に山のふもとまで歩く。並ぶと女の子は僕《ぼく》より背が高く、横顔はなんだか大人みたいに見えた。

そうか、僕《ぼく》もいつか中学に行って、きっと高校にも行くんだろうな。そのとき僕《ぼく》は同じようなことを思うのかな？　遠すぎて想像もできないや。

最後にバス停の前で女の子はこう言った。

そうだ
わたしも「同盟」に入っていいかな？
君の「いつもと同じことをしない」ってのはときにはいいかもね
わたしも参考にさせてもらうよ

僕《ぼく》はバスに乗ってから女の子の名前を聞かなかったことに気がついた。

その日は帰ってからお母さんにもお兄ちゃんにもさんざん怒《おこ》られた。けれど、僕《ぼく》はまだいつもと同じことしない同盟をやめていない。もうお兄ちゃんの学生服は着ないけど「いつもと同じ」をちょっと変えるとなぜかやっぱり面白い。

夏休みはまだ半分近く残っている。今日は新しく買った『作って楽しい！　食べて幸せ！　グレート麺料理《めんりょうり》全集』を使って、英生《ひでお》と祐介《ゆうすけ》に僕《ぼく》が考えたオリジナルグレートそうめんをごちそうしてあげようかな。

さて今回はここまでにしようか
あれっもう終わりなんですか？
そうさ
でも俺が魔法でしたことは神社でお兄ちゃんの友だちに聡《さとし》君を気づかせただけですよ
結局聡《さとし》君は逃げちゃったし…
そうだなそこだけ見たら上手くは行ってない
だがそのときのことがあったからこそ女の子と出会ったとき聡《さとし》は逃げなかったのだ
お前の小さな魔法が聡《さとし》が自分を変えるきっかけになったのだとしたら面白いと思わないかい？

猫のリリー

あーあ
せっかくの日曜
なのになあ
師匠
今日は修業を
お休みしてここで
ショッピングは
どうですか？
何を
ばかな
今日はお前に
課題を与えようと思う
えっ
今回も俺が？
あそこに
いる子を
見なさい

子猫を
選んでる
女の子？
そうだ
この子にとって
最もよいと
思う魔法を
かけるように
了解
……ふーん
リリー…？
そうか
子猫の名前を
考えているのか
俺だったら
どんな名前を
つけるだろう

右手に 白い手袋 ちょっと 曲がったしっぽ
そうだ 名前は "リリー" がいい!
ひろみ ひろみ!
その猫とは 日曜日の 商店街で 出会った
まだ 決められ ないの?
里親会
えっと… ママ もうちょっと 待って お願い
目が合って しまったのだ 本当に急に 目が離せなく なってしまった のだ

黒と白の子猫《こねこ》。黒い耳と白い口元、足は右手の先だけが真っ白だ。そういうのは「手袋《てぶくろ》」なんて呼ぶらしい。しっぽの先も白くて少しピンと曲がっている。そのときなぜかはわからないけれどこの子の名前は「リリー」しかないとひらめいた。

「はい。そっと抱《だ》いてあげてね」

里親の会の係の人が子猫《こねこ》を持たせてくれた。パパとママと出かけたペットの里親の会。そこにいるのは金銭的な理由や、飼い主が高齢《こうれい》になったりなど様々な事情で飼えなくなって保護された犬や猫《ねこ》たちで、こうして人が集まる場所で飼い主になってくれる人を募集《ぼしゅう》しているのだと会場で教えてもらった。

わたしの両腕《りょううで》の中でふんわりとした命がもぞもぞしてる。

「うわーっ温かい！　軽いんだ！　この子と一緒《いっしょ》に遊べたら楽しいだろうなあ」

「言っておくけど猫《ねこ》を飼うならお誕生日にほしがっていた犬はなしよ」

後ろからお母さんが釘《くぎ》をさす。

「そんなあっ」

「あたりまえでしょ。二匹《ひき》なんてだめよ」

そうだ、わたしは前から十一歳《さい》になったら子犬がほしいとパパとママにお願いしていたのだった。

でもそうしたらこの子はやめるの？　子犬だってずっとほしかったのに。どうしよう……。

わたしの中で二つの未来がゆれ動いていたそのとき、なんだかお腹の方が温かくなってきた。温かい……？　いや、しっとりしている？　手にも何か流れてきた。

「いやぁ、おしっこ……」

「あらあら！　ごめんなさいね。すぐにふくもの持ってきますね」

係の人があわてて子猫《こねこ》を取り上げる。わたしのグレーのワンピースは子猫《こねこ》のおしっこで濡《ぬ》れていた。お気に入りの服だったのに……。

お母さんが濡《ぬ》れた服をふきながら言う。

「ひろみ、どうするの？」

ケージの中に戻《もど》った子猫《こねこ》は大きな目でわたしを見つめている。


結局、わたしはこの子を選ばなかった。

商店街からの帰り道。空にはふんわりした雲が午後の光の中に浮《う》かんでいる。ママのお気に入りのレストランの食事もおいしかったし、今日は楽しいお出かけだったはずだ。

なのにパパやママに話しかけられても何も頭に入らない。

これでよかったの？　確かにわたしは前から子犬がほしいと言っていたけれど……。

うちに帰ってもその思いが頭から離《はな》れない。どうしても気になってしまい、わたしは夕方にまた里親の会へ行ってみた。あの子猫《こねこ》はまだいたけど、すでに引き取り手が決まったことを知らされた。子《こ》猫《ねこ》はケージの中ですやすやと幸せそうに眠《ねむ》っていた。

仕方ないよね、もう決まってしまったのだし……。帰り道、さっきよりオレンジ色が濃《こ》くなった空を見ながら自分に言い聞かせる。忘れなくちゃ。家に帰ればいつもどおりの日々が待っている。そして毎日の中で少しずつ季節は変わっていった。

「じゃあねー」

「また明日ね」

学校の帰り道。わたしは友達と別れ、落ち葉を踏《ふ》みしめ家へと急いでいた。風が頬《ほお》に冷たい。車の通る大通りからそれて住宅街へ。公園横の角を曲がったときだった。

家と家とにはさまれた細い道。塀《へい》の上に一匹《ぴき》の猫《ねこ》がいた。

黒い耳に白い口元、右手の手袋《てぶくろ》と少し先が曲がったしっぽ。一回り大きくなっているけれど間違《まちが》いない。あの子だ。

スッ
タッタッタッ
プイッ
ねえ あなた…
〝リリー〟でしょ？
心の中で あの日 名づけたかった 名前を 呼んでしまった
今は どの家の子に なったのだろう いっそ どこの子でも なければいいのに…… わたしはそんなことを 思ってしまった

あの子猫《こねこ》がうちに来ていたらどんな日々が待っていたのだろう。
それからわたしは猫《ねこ》のことを調べ始めた。

図書室で借りてきた本に、猫《ねこ》は十年よりもっと長生きする生き物だと書いてあった。十年後といったらわたしは二十一歳《さい》になっている。あまりに遠くて想像もできない。そうか、そんな先まで友達でいられたかもしれなかったんだ。

猫《ねこ》で頭がいっぱいのわたしは授業も耳に入らず、両目は窓の外を見つめていた。

遠くの空で雲が形を変える。こんなにいい天気なのに空の上の方では強い風が吹《ふ》いているのかな。おまんじゅうのような形が次第にちぎれて二つのとんがりが現れた。あれっ？これってまるで猫《ねこ》の耳みたい。だんだんとお昼寝《ひるね》して丸まっている猫《ねこ》の姿のようになってきた。そういえば反対側にのびている細い雲はゆるやかにカーブして、あの猫《ねこ》のしっぽのように見えなくもない……。

「原田《はら だ》さん、原田《はら だ》さんっ」

横からわたしの名前を呼ぶ声がする。となりの席の篠沢《しのざわ》君だ。いつも話しかけてなんかこないのにどうしたんだろう。

「次、当たるよ」

すでに先生は前の席の平田君を指して問題を答えさせようとしている。あぶなかった！　わたしは急いで国語の教科書に目を通した。

「ありがとうね。おかげで助かったよ」国語の授業の後、お礼を言うと篠沢《しのざわ》君は眼鏡の奥《おく》の大きな瞳《ひとみ》をこちらに向けてにっこり笑った。

「ううん、いいよ。ところでそれって何の本？」

篠沢《しのざわ》君の指先がわたしの机の中を指す。図書室で借りた本だ。

「ねえ、もしかして猫《ねこ》の本だよね？　原田《はら だ》さんって猫《ねこ》が好きなの!?」

「えっ　違《ちが》うけど……何となく借りてみたの」

篠沢《しのざわ》君の勢いに押《お》されて適当に答えをぼかしてしまった。


学校の帰り道、わたしは、またあの行き止まりで立ち止まった。

やっぱり
いないよね
帰ろ…
待って！
タタタッ
ねえっ
あなた
どこ行くの？
ガサッ

塀《へい》の猫《ねこ》を追って走り出す。そんなわたしにおかまいなしに猫《ねこ》は音も立てずに歩いていく。やがて小走りになり病院のとなりの空き地に飛び降りた。わたしも金網《かなあみ》を乗りこえ枯《か》れ草をかき分けていく。猫《ねこ》は空き地を抜《ぬ》け、つつじの生け垣《がき》の下をくぐっていった。この先はよその家の敷地《しきち》だから入れない。わたしは枝のすきまからあの子がどこに行ったのかのぞきこんでみた。

生け垣《がき》の向こうにはきれいな芝生《しばふ》の庭が広がっていた。あの子は真ん中の日当たりのいい場所へと歩いていくと建物の方へ向かってにゃーんと一声鳴いた。

「もうパトロールは終わりかな？」

誰《だれ》かが家から出てきた。声からすると男の子のようだ。サンダルばきで猫《ねこ》と向かい合った眼鏡の子は……。え？　篠沢《しのざわ》君!?

「本当は家から出ちゃいけないんだぞ」

篠沢《しのざわ》君はあの子をひょいと抱《かか》えて家に帰っていく。まさかあの子のもらわれた先が篠沢《しのざわ》君の家だったなんて。わたしは自分が選ばなかった別の未来を見ているような気がしていた。

その日の夕ご飯、わたしは篠沢《しのざわ》君の庭での光景のことばかり考えていた。

「ひろみ、ひろみ」

「え？」

パパだ。わたしは呼ばれているのに気がつかなかったみたい。パパは食事の手を止めてわたしを見つめている。

「ひろみ、今日、会社の人と話したのだけれど、その人の知りあいの犬がしばらく前に子犬を産んだんだそうだ。お父さん、お前がその気だったら、一匹《ぴき》もらってこようと思うんだけれどどうだい？」

「うん、そうだね。うん……どうしようかな……」

お父さんには悪かったけれど、わたしは上手く言葉に出来ずにあいまいな返事しかすることができなかった。

篠沢《しのざわ》君。あの子の飼い主になったとなりの席の篠沢《しのざわ》君。また授業で手を挙げている。

「はいっ」

「おっ！　じゃあ篠沢《しのざわ》君。答えて」

「そのフクロウの気持ちは……」

いつもこんな感じだっけ？　もっとおとなしい子だったと思うのだけれど。

放課後、掃除《そうじ》当番をしていると教室の入り口から篠沢《しのざわ》君の声が聞こえてきた。他の男子と仲よさそうに声をかけあっている。

「篠沢《しのざわ》君って最近ちょっと変わったよねー。元気になったというか」

「そうそう。前はもっと暗かったよね」

同じ当番の真緒《まお》ちゃんとほのかちゃんが篠沢《しのざわ》君を見ながら言った。やっぱりそう思うよね。わたしも篠沢《しのざわ》君の横顔を見る。楽しそうに笑っている。

横でほのかちゃんが「何かあったのかな」と言った。

掃除《そうじ》当番が終わったあと家へと向かうわたしの足は重かった。

「パパが言ってた子犬、どうしよう……」

昨日言われたことが頭の中をぐるぐると回っている。

たしかにわたしは犬がほしかった。パパもそれを知っているからもらってくれると言っているのに。でも今は本当にそれでいいのかわからなくなっちゃっている。気がつくとわたしは右・左と入れ替《か》わる足元ばかりを見つめていた。

「ばかみたいにちょろかったな」

「野生の血がねーんだよ」

坂の上から声が聞こえた。顔を上げると公園から男子数人が出てきたところだった。わたしはいやな予感がしたので公園へと足を速めた。

入り口から中をのぞくと誰《だれ》もいないのに何かの気配がする。奥《おく》の鉄棒の柱に手さげ袋《ふくろ》がかけられていて、よく見ると小さく動いている。ニャーニャーと小さい鳴き声がして、袋《ふくろ》の口からは先っぽがちょっとだけ曲がった猫《ねこ》のしっぽが飛び出していた。

ニャー
ニャー
さっきの男子ね きっと！
何て ことをっ
待ってて
ニャー
大丈夫
怖がらないで
ニャー
今助けて あげる
ニャー
リリー…
いたっ！
ザッ

大丈夫《だいじょうぶ》、今助けてあげる。リ、リ、リリー……

また心の中であの名前を口にしてしまった。

「いたっ！」

わたしは一瞬《いっしゅん》何が起こったのかわからなかった。ぼうぜんとして空になった袋《ふくろ》を見つめていると右手の人差し指がじんじんと痛くなってきた。指の先にきずができて血が出ている。顔を上げるとあの子は向こう側の茂《しげ》みの前で背中を丸め、しっぽを立て、おびえた目でわたしの方をにらんでいた。

「……ごめん……」

自分でもよくわからないまま、でも自然にその言葉が口から出ていた。

そして新しい家族は突然《とつぜん》やってきた。

夜、パパを迎《むか》えに玄関《げんかん》に行くと両手に段ボール箱を抱《かか》えていた。

「前に話した会社の人の家で生まれた子犬だよ？　少し大きくなってきたのでもらってきたんだ」

箱の中にはタオルが敷《し》いてあって、その上でまだ小さい子犬が丸くなって眠《ねむ》っていた。

「ひろみ、どうする？」

えっ、今決めるの？

「もし、もうその気が無ないのならかわいそうだからね。今すぐ車で返しに行くよ」

「でも。急に言われたって……」

わたしまだ自分の気持ちもはっきりしないのに。どうしよう…。

箱の中の子犬。このままわたしが断れば、今日わたしの家の玄関《げんかん》に来たこともわたしのことも知らないままだろう。きっと二度と会うことは無い。

手を箱の中に入れてみた。おそるおそる子犬にさわると、背中が静かに上下しているのがわかる。そのまま手を鼻先に向けてみると指先に子犬の息《いき》づかいが伝わってきた。

そのとき子犬がわたしの指をペロリとなめた。あたたかい。

その瞬間《しゅんかん》、わたしの中で何かが溶《と》けていくような気がした。

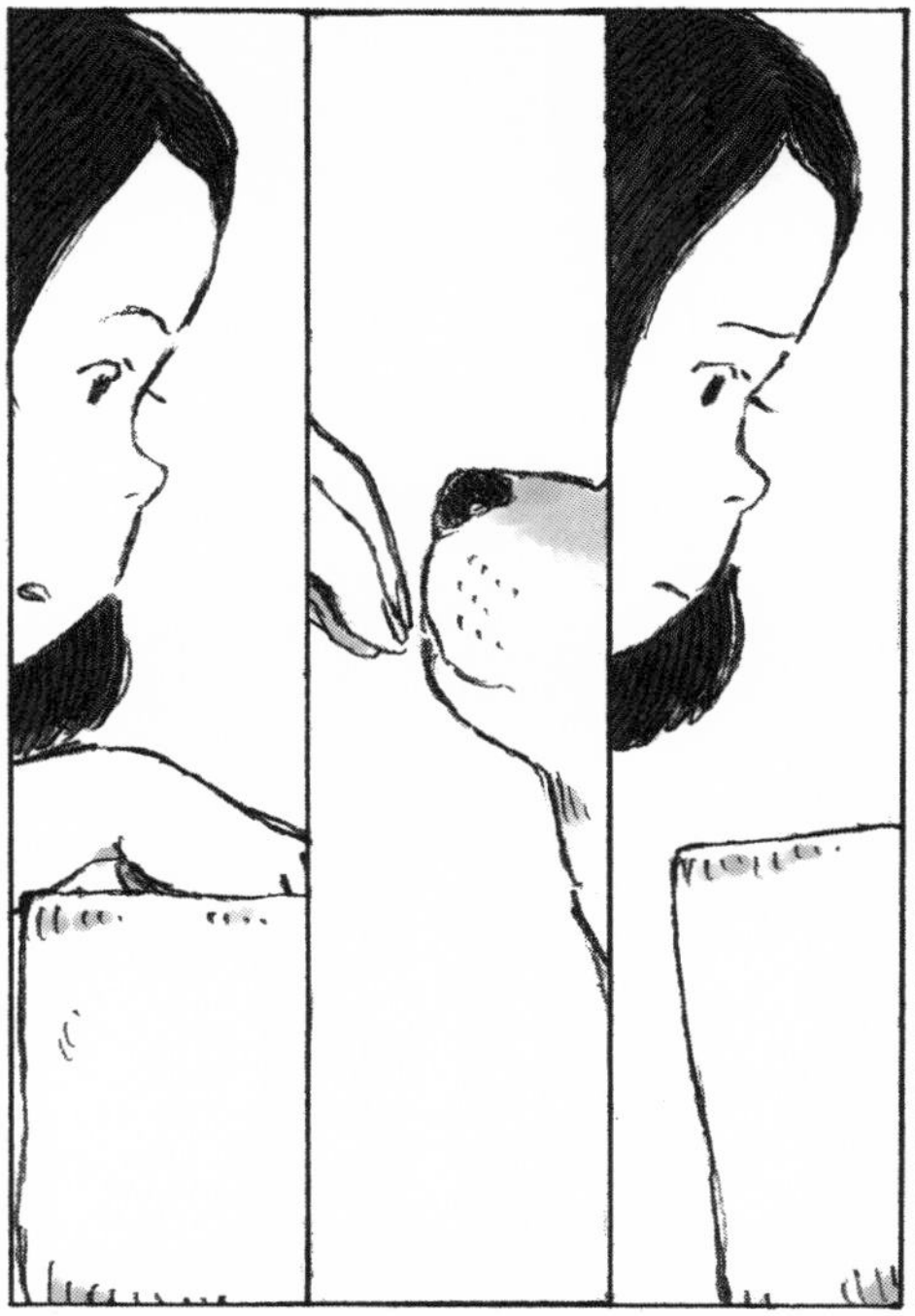

……
パパ
わたしこの子ほしい
うちで飼ってもいい？
ひろみ
この子犬はこの先
十何年も生きるんだよ
最後まで責任を持って
世話できるね？
うん

嬉《うれ》しい気持ち。そして不思議なことに、何かとお別れする時のさびしさも感じていた。

「……パパ。わたしこの子ほしい。うちで飼ってもいい？」

「ひろみ、この子犬はこの先十何年も生きるんだよ。最後まで責任を持って世話できるね？」

「うん」

段ボール箱を手渡《てわた》される。わたしは両手に小さく確かな重みを感じていた。

「ママ、ちょっと散歩行ってくるね」

わたしはそう言うといつものミニバッグにリードやゴミ袋《ぶくろ》や水のペットボトルを入れ、子犬をつれて玄関《げんかん》へ急いだ。あれから三ヶ月。あのときの子犬はすくすく育って一回りも大きくなった。わたしの気配を察知して早くも行儀《ぎょうぎ》よくお座りしている。

「おいで!」

一緒《いっしょ》に表にかけだすと顔に当たる風がそれほど冷たくない。冬もあと少しで終わるのだろうな。

わたしはいつもの散歩コースに向かおうとしたが、そのとき後ろからわたしを呼ぶ声がした。

「原田《はらだ》さんっ」

振《ふ》り向くと篠沢《しのざわ》君が手を振《ふ》っていた。篠沢《しのざわ》君はこちらにかけよるとわたしと子犬を見てにこやかに言った。

「へー、原田《はらだ》さんって犬を飼ってるんだ。僕《ぼく》はてっきり猫《ねこ》が好きなんだと思っていたよ」

「それは篠沢《しのざわ》君でしょ? わたし知ってるよ。猫《ねこ》を飼っているよね」

わたしたちはそのまま篠沢《しのざわ》君の家の方へ歩いて

お互《たが》いの小さな友達のことを話した。

「この子犬の名前はコナラっていうの。お父さんの会社の人からもらったんだけれど、とても人懐《なつ》こい子なんだ」

「いい名前だね。僕《ぼく》の猫《ねこ》はテブクロ。右手に白い手袋《てぶくろ》をはいているからそう付けたんだ」

テブクロのことを話す篠沢《しのざわ》君はとても嬉《うれ》しそうだ。

「猫《ねこ》って面白いよ。テブクロはあまり子どもっぽく遊んだりはしてくれないけれど、僕《ぼく》が本を読んでいたりするといつの間にかやってきて、となりでスッと背筋をのばして静かに一緒《いっしょ》に座っていてくれるんだ」

「そうなんだ。すてきな猫《ねこ》さんね」

そのとき塀《へい》の上にテブクロが現れた。

「あっお前また勝手に外にでたな」テブクロは音もなく庭に降りて篠沢《しのざわ》君の足元に寄り添《そ》った。

わたしとコナラ。篠沢《しのざわ》君とテブクロ。二人と二匹《ひき》は篠沢《しのざわ》君の家で庭の長椅子《いす》に座った。木々の上に広がる青空を見ながら、わたしは昨日お母さんから聞いたことを話題にしてみた。

「……篠沢《しのざわ》君、もうすぐ引っ越《こ》すんだって？」

「うん……。見ず知らずの町へ行くのは正直ちょっと不安なんだ。でもテブクロも一緒《いっしょ》だから大丈《だいじょう》夫《ぶ》」

篠沢《しのざわ》君はにこりと笑った。

「コイツもすぐに慣れてくれるといいなと思う」

「そうだね」

庭の向こうから吹《ふ》いてくる風が、テブクロとコナラをそっとなでる。テブクロの背中に手を当てる篠沢《しのざわ》君。その姿を見ていたら自然と言葉が出てきた。

「わたし、篠沢《しのざわ》君と初めてこんな話ができたのにお別れなんて残念だよ」

そしてこう続けた。

「篠沢《しのざわ》君もテブクロちゃんも元気で楽しくいられるように、わたし願っているよ。本当に」

言えてよかったと思う。

さて今日の課題はここまでかな
どうした?あまり浮かない顔だな
俺、実は何も役に立たなかったんだ何度もリリーを誘導してひろみちゃんと再会させたのだけど
本当にあの子猫がひろみちゃんの家の猫になればリリーになればって…
まあそれは無理だろうなよその飼い猫になったのだし
うん…
テブクロもコナラもきっと幸せになるさ
だけどリリーという子猫はどこにもいなくなっちゃった俺なんださびしいです
そうかならばお前だけはいたかも知れないリリーのことを覚えていてあげるといい

まねっこ
さがし

何？
私に似た人を
見たって？
うん
昨日駅で
見たんだ
顔は師匠に
そっくり
でも
スーツ着てたし
髪型も
違ってたから
別人だよね
FASHION
それは
こんな
感じか？
あーっ
それだ!!
ならば
昨日見たのは
会社帰りの
私だ
え!?

そっくりさんじゃ
なかったんですね
あたりまえだ
私だって
年がら年中
魔女を
している
わけではない
それは
そうと…
今日の
主役が来たよ
あの
ふてくされた
顔の子?
そう
今回もお前が
魔法をかけて
みるのだ

うん　結衣《ゆい》ちゃん　昨日の夕方　となり駅の　本屋さんに　いたでしょ？
ええっ　あたしを　本屋で　見たって？
いない！　昨日は学校の後　ずっと広場で　野球してたもの

最近、あたしが知らない場所であたしのことを見たとよく言われる。おとといは近所のおばさんに言われたし、となりのおじいちゃんにはサッカーをしてるのを見たって言われた。今だってこうして友だちの千尋《ちひろ》ちゃんからも同じことを言われてしまう。でもそれらはみんなあたしではない。だってあたしは野球はしてもサッカーはしないし、そもそもそんな場所に行ってない。どうやらそっくりさんがいるようなのだ。頭にきちゃう！

何度も人違《ひとちが》いだって言ってるのに、千尋《ちひろ》ちゃんは「またまたー。あのくせっ毛はどう見ても結衣《ゆい》ちゃんでしょ。ソバカスもほっぺたのばんそうこうもそのままだったよ？」なんて言って全然信じてくれない。

そいつはそんなにあたしに似ているのだろうか。

そこへ男子の平田《ひらた》が割りこんできた。

「俺《おれ》も昨日、となり町でお前のこと見たぞ。公園でボス猫《ねこ》とけんかしてただろ」

「違《ちが》う、あたしそんなことしてない！」

「うそつけ！　あれは絶対結衣《ゆい》だった。あんなことするのお前しかいないだろ」

「なにを〜」

あたしはさけぶと同時に、平田《ひらた》に飛びかかっていた。

「だからそういうところが昨日のまんまじゃん！」

「違《ちが》うって言ってるでしょ！」

つかみ合いのあたしたちを千尋《ちひろ》ちゃんは「まあまあ」と言って引き離《はな》す。そしてニコニコしながらこう言った。

「でもやっぱりあの子は結衣《ゆい》ちゃんだよねー」

あたしのまねっこがいる。とても不愉快《ふゆかい》だ。

「ただいまー、お腹減った。なにかない？」家に帰り、私はいつものようにお母さんに言った。

「いいけど結衣《ゆい》、あなた食べたばかりじゃない？」

え？　どういうこと？

「さっきとなり駅の商店街でたこ焼きを買ってたでしょ？　歩きながら食べてたけれどお行儀《ぎょうぎ》が悪いとは思わないの？」

まただ！

「違《ちが》うよ、それあたしじゃない！」

「お母さんが間違《まちが》えるはずないでしょ。呼んだのに走っていっちゃって。そもそもあなたね……」

「むむむ、お母さんお得意のおこごとがはじまっちゃう……」

その癖もやめなさい！さっきもやってたでしょ
ドサ
ああ〜まったく！
あたしとそっくりな誰かがいるってことがこんなに腹立たしいとは
絶対その子見つけて言ってやらなくちゃ「まねっこするな！」って

次の日、学校へ行くと千尋《ちひろ》ちゃんがまたあたしを見たと言ってきた。

「昨日結衣《ゆい》ちゃんって、となり駅のスーパーの前を通ったよね？」

もちろんそれはまねっこのことだ。このままじゃダメだ。なんとかして誤解を解かなくちゃ。

あたしは必死に説得を試みる。

「だからね。それは違《ちが》うんだよ。それはあたしじゃなくてそっくりな別人。あたしのまねをしているニセモノなの！」

そこへまた平田《ひらた》が割りこんでくる。

「でもなあ。よりによってお前のまねなんかしたってなんの得もないぜ？　なんでわざわざ猫《ねこ》とけんかしたりするんだよ」

「それは！　きっとそいつがあたしと同じ姿でけんかや立ち食いとか行儀《ぎょうぎ》悪くふるまって、あたしの評判を落とそうとしているのよ」

「というかそういうのも含《ふく》めて結衣《ゆい》そのままだったと思うぜ？」

「そうそう。いつもの結衣《ゆい》ちゃんのままだったよー」

千尋《ちひろ》ちゃんまで！　むむむ……失礼ね。

「そういえばその鼻をこするの、スーパーの前でもやっていたわよ」

どうやらそいつはよくよくあたしのまねが上手らしい。

結局、千尋《ちひろ》ちゃんも平田《ひらた》も隣駅《となりえき》のあたしがニセモノだということは信じてくれなかった。それどころか、もしかしてそれはドッペルゲンガーなんじゃないかなんて言い出す始末。ドッペルゲンガーって姿が自分にそっくりで、見たら死ぬっていう幽霊《ゆうれい》みたいなアレでしょ？　冗談《じょうだん》じゃない。こうなったら自分であたしのまねっこを見つけ出すしかない！

家に帰ってから、あたしはまねっこさがしの作戦を練ることにした。となり町の本屋、川向こうのボス猫《ねこ》、となり町の商店街やスーパー。みんなの話に登場するまねっこは、どうやらとなり町にしか現れないみたい。つかまえるにはこちらから乗りこんでいくしかない。しかしあたしがとなり町に行っているところを知ってる誰《だれ》かに見られたら最悪だ。やっぱり本人だったじゃないかとますます誤解されることになってしまうだろう。

ということは変装が必要よね。あたしが持っている服の中で、自分では絶対に着ないものといったら……。

「あら、結衣《ゆい》どうしたの⁉」

土曜日、出かけようとするあたしを見てお母さんが言った。

まあ、フリルのついた水色ワンピースを着ていれば驚《おどろ》かれても当然か。いつものTシャツ短パン姿からは考えられない格好だ。

「結衣《ゆい》、やっとおばあちゃんが買ってくれたお洋服を着る気になってくれたのね！　ふふ、案外似合ってるじゃない」

「ち……違《ちが》う！　これは変装なの。潜入《せんにゅう》中に見つからないためなの！」

「ほら、髪《かみ》もとかさないと。ぐしゃぐしゃじゃない」

「わー、もういい！」

お母さんの身だしなみ攻撃《こうげき》をのがれ、リュックにお財布や水筒《すいとう》を放りこむ。よそ行きワンピースといつも野球のボールやグローブを入れているリュックは明らかにちぐはぐだけれど、これしか持っていないので仕方がない。

あたしは急いで家を出てとなり町へ向かった。

まず自宅がある住宅地を抜《ぬ》けて大きな道路ぞいにしばらく進み、浄水場《じょうすいじょう》の横を過ぎると遠くに高いアンテナの鉄塔《てっとう》が見えてくる。はき慣れないサンダルのせいでちょっと足が痛いけれど、目の前の橋を越《こ》えればついにとなり町だ。

ほら
髪も
とかさないと
わー
もう
いい！
ギャ〜
行って
きます！

橋の上から川をのぞくと、よどんだ水面に見知らぬワンピース姿の女の子のシルエットが映っていたが、もちろんその影《かげ》はあたし自身だ。きっと今の格好ならば千尋《ちひろ》ちゃんだってあたしと気がつかないに違《ちが》いない。

「ふふ。ちょっと別の人になった気分」

橋の向こうにはまた住宅地が広がっていた。どこもあたしの家と同じような家が並んでいて、遠くへ来た気が全くしないのだけれど、この先ははじめての場所。冒険《ぼうけん》みたいでどきどきする。

あたしのまねっこ……。一体どんな子なんだろう。そりゃあ格好はよく似ているんだろうけれど、考えていることもあたしと一緒《いっしょ》だったりするのかな。

あたしはこの街でみんなが「あたし」を見たという場所を一日かけて探し回った。はじめは公園をのぞいてから、千尋《ちひろ》ちゃんが見たという本屋さんへ。スーパーや商店街も一通り歩いてみた。

犬を散歩している人、杖《つえ》をついたおじいさん、子どもたち、テニスラケットを背負ったクラブ活動の中学生たち、買い物をしている家族連れ……。休日の人混みで見のがすことがないようにと目をこらして探したが、まねっこはついに見つからなかった。

今さら気づいても遅《おそ》いのだが、せまい街とはいえ、たった一人の人間を見つけるなんてそうそうできることではなかったのだ。

疲れた… あたし 何やってんだろ
……
フーーッ
会って みたかったな ……
帰らないと
おーい 君!

そのとき背中の方から呼ぶ声がした。振《ふ》り返ると、大きな犬を連れたおじさんが土手の上に立っていた。

おじさんはあたしの顔をのぞきこむと

「やっぱり！　間に合ってよかった。忘れもの！」

と言って一冊の本を手渡《てわた》した。

「え、あたし……」

「この本、あっちのベンチに置きっぱなしだったろ。これからは気をつけるんだよ」

そのままおじさんは、ジョギングで走っていってしまった。

あっけにとられて立っているあたしの手にずっしりとした本が残された。となり町の図書館のシールが貼《は》ってある。貸し出された本なんだ。表紙を見ると湖で男の子や女の子達がボートをこいでいる絵が描《えが》いてあった。ちょっと今風じゃない感じ。

「何これ？　こんなの知らないよ。本当の持ち主に返さなくちゃ」

おじさんはあたしを他の誰《だれ》かと思い違《ちが》いしていたようだ。なぜ？　ただ近くにいた子どもだったから？　それともこの本を置き忘れた子とあたしが似ていたから……？

……もしかして！

まだ見たことのないあの子の姿が一瞬《いっしゅん》ひらめく。

あたしは階段を急いでかけ上がり、土手の上を見回した。そこは小さな公園になっていて、ブランコやすべり台の他におじさんが言っていたベンチもあった。でもすでに人影《ひとかげ》はなく、遠くの街並みに日が沈《しず》もうとしている。

立ちつくすあたしとその影《かげ》だけが夕日の中、ポツリと取り残されていた。

両手にはずっしりと重い置き忘れの本。困ったなあ。ベンチに置いておけば……でもあの子が来なかったら？　しばらく迷った後、あたしは本を持ち帰り、自分で図書館に返すことに決めた。

あたりは早くも薄暗《うすぐら》くなってきている。もう帰らなきゃ。

でも……。

あたしは公園に入り、リュックから古びたボールを取り出してベンチに置いた。もしこの本の借り主が「まねっこ」なら、これであたしが来たってわかるんじゃないかしら。だって、あたしがそうだったようにその子も「あなた野球してたよね」なんて、やってもいないことを言われたりしてるかもしれないと思ったのだ。本当にこれで伝わるかどうかはわからないけれど、それでもあたしは自分がここに来たよって伝えたい。この気持ちは何だろう。

となり町からへとへとになりながら帰ると、お母さんから意外なことを言われた。なんと、今日近所であたしの姿を見たというのだ。

「お母さん声かけたのよ？　沢田《さわだ》クリーニング店のあたりで。そしたら、また知らんぷりで行っちゃった」

違《ちが》うよ。それあたしじゃない。だって今日は一日中となり町にいたのだから。

「お母さんが間違《まちが》えるわけないでしょ」

「でも今日はあたしワンピースだったし…」

「もちろんよ。そのワンピースだからすぐ結衣《ゆい》ってわかったの」

まさか。本を抱《かか》えている両手に力が入る。

来たんだ……あの子が！

向こうもあたしのことに気がついているんだ。あの子も自分のことをとなり町で見たとか、まわりの人に言われていたに違《ちが》いない。そして同じようにあたしを見つけるためにこちらの町にやってきたんだ。

夕食の後、お風呂《ふろ》をすませて自分の部屋に戻《もど》った。ベッドの上にはあの本が置かれている。

向こうはあたしのことどう思っているんだろう。あたしのことをニセモノだと感じているのかな。

本を眺《なが》めながらそんなことをぼんやり考えていた。それにしても変装まであたしと同じだったなんて……。その姿を想像したらなんだか笑ってしまった。


友達が言うには、あの日からあたしはちょっとだけ変わったらしい。自分では何が変わったかなんてわからないけど、みんな言うのでそうなのだろう。確かにあんまりけんかはしなくなった。ただ、それはクラスの男子を子どもっぽく感じたからわざわざ相手にしないだけのことだ。あと、ワンピースとかの服もおばあちゃんに悪いのでたまには着るようにしている。

そんなことよりも気になるのはやっぱりあの子のことだ。あたしが何かするとあの子がやったことになっちゃうかもしれないから、あんまりへんなことをしちゃ悪いよなとか思っちゃうし、おばあちゃんがくれた服を着たときにはとなり町のあの子も今頃《いまごろ》似たような服を着ているのかもな、なんてちょっと不思議な気分になったりもする。もしかして、あっちも同じようなことを考えているなんてことはないよね。

彼女の
落とした本を
読んでみた
それは
あたしの好みとは
正反対の
読み物だった
それなのに
夢中になって
やめられない
あたしこんな
物語が好き
だったんだ
あたしは
彼女と会って
いろいろ
おしゃべり
できたら
楽しいだろうな
と思った
だけど
その気持ちに反して
あたしの
まねっこを
見たという話は
次第に耳にしなく
なっていった
500~
児童書
450~
YAコーナー
それはそうだ
あれから
半年以上が経ち
あたしはもうすぐ
6年生なのだ
髪ものばしたし
背も
ぐっとのびた
ソバカス
だって
消えて
しまった

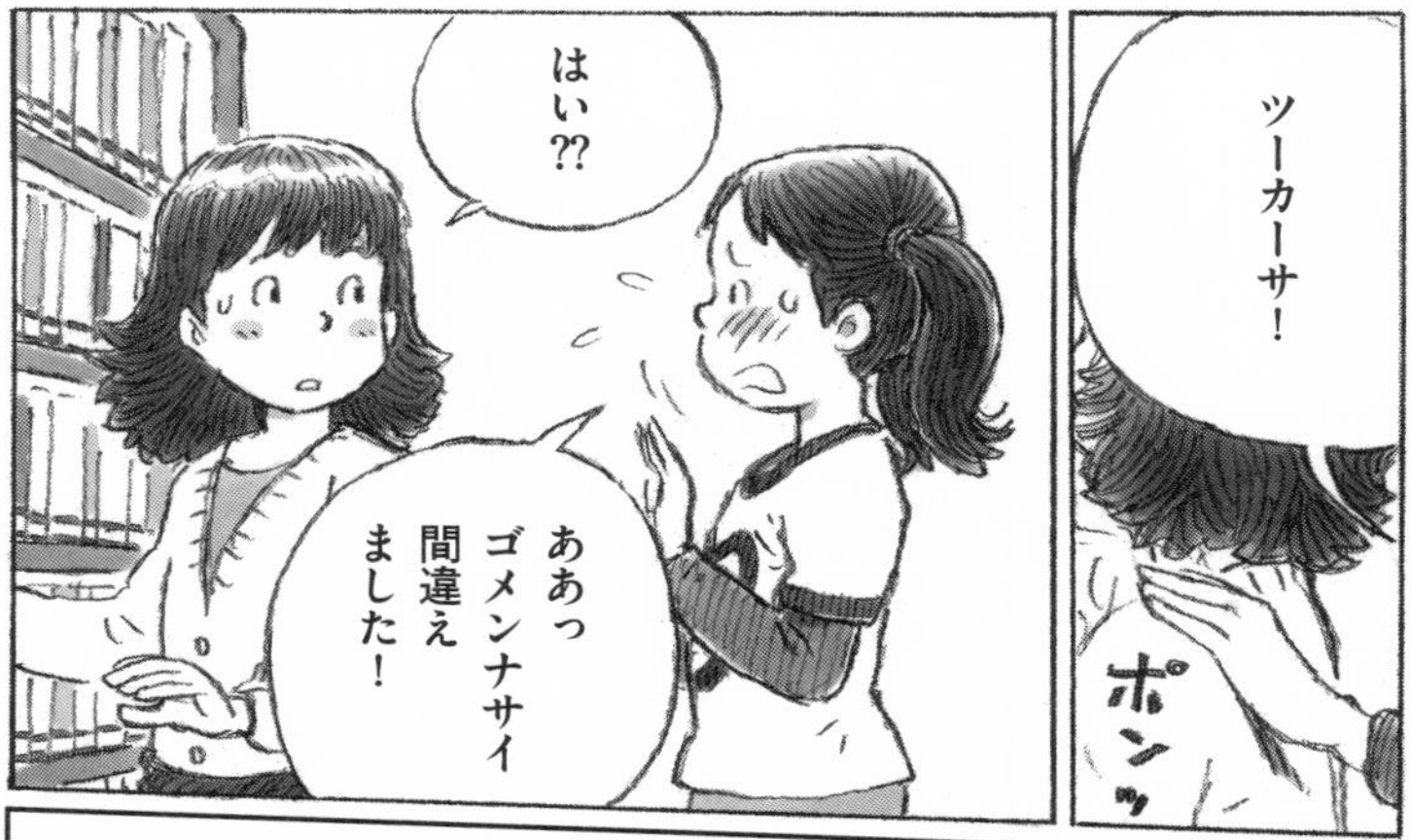

あの日、彼女《かのじょ》の本を返却《へんきゃく》したのがきっかけで、あたしは様々な本を読むようになった。冒険《ぼうけん》物語や歴史もの。未来の話や魔法《まほう》の話。昔の人が書いた名作から新しい物語まで。図書館にはまだ見たことのない世界がたくさん並んでいる。今ではあたしの大好きな場所のひとつになっている。

受付で読み終わった本を返してからいつもの本棚《ほんだな》へ。次は何を読もう？　そう思って見上げたときだった。

「ツーカーサ！」

誰《だれ》かがそう言ってあたしの背中をポンとたたいた。驚《おどろ》いて振《ふ》り向くとそこには同年代の見知らぬ女の子がいて、あたしの顔を見るなりあわてて謝ってきた。

「ああっ、ゴメンナサイ。間違《まちが》えました！」

女の子は立ち去り、あたしはやれやれといった感じで本棚《ほんだな》に向き直る。

背中でなおも女の子の声がする。探していた子が見つかったようだ。

「いたいた！　ツカサー」

その声に相手の子が答える。

「遅《おそ》いよー。後で校庭でキャッチボールしない？」

「えーっまた？」

そのときあたしの本を選ぶ手が止まった。ハッとなり彼女《かのじょ》たちの方を振《ふ》り返る。二人はもう図書館から出るところで、さっきの女の子のとなりにはその「ツカサ」がいた。あたしと同じくらいの背格好の女の子。髪型《かみがた》はちょっと似ているけれど、長さは違《ちが》うかもしれない。顔は見えないけれど、着ている服は全然違《ちが》う。二人はちょっと笑いあった後、通りへとかけて行った。

あたしはしばらく
その後ろ姿を
見送っていた

さて、どんな魔法をかけたのかな？
俺、なんとか結衣《ゆい》ちゃんとそっくりさんを会わせたかったんだ
あの本に魔法をかけて結衣《ゆい》ちゃんが受け取るようにしたんだけどだめだった
ふむ、まあまあじゃないか
二人は会えなかったのに？
そうさこれはこれでいいのだと私は思うな
結衣《ゆい》ちゃんとそっくりさんはこの先も会うことはないの？
どうかな？もし出会ったとしてもお互い気がつかないんじゃないのかな

さて
これで私との魔法修業もおしまいだ
やったー終わったー
いや、この本では終わりという意味だ修業自体はまだまだ続くぞ
えー
あたりまえだ
我々の魔法を待っている人々は他にもたくさんいるからな

あーあ
先は長そうだ
……
でも…
こんなにがんばってみんなに魔法をかけてまわっているのに誰一人として俺達に気がつかないのはちょっとさびしいです

それでいいんだよ
え?
そんな感じでみんな知らないうちにちょっとだけ誰かの魔法にかかっているものなのさ
そんなもんかなぁ
小さくても魔法は世界の見え方を変えてしまう力を持つときに本人が思ってもみなかったものを見つけることもある

案外私とお前を引き合わせたのも誰かの小さな魔法なのかも知れないよ
ズッ
そろそろ行こうか
そこでもきっと小さな魔法を待っている子がいる
やった！また誰かの暮らしにちょっかい出すんですね俺、そういうの面白いから好きです！

[作者紹介]
大庭賢哉
おおばけんや
1970年生まれ。イラストレーター、児童書のさし絵、漫画、装画などで活躍。主な作品に『トマとエマのとどけもの』（ほるぷ出版）、『トモネン』（宙出版）、『郵便配達と夜の国』『屋根裏の私の小さな部屋』（青土社）等。挿画に「シノダ！」シリーズ（偕成社）、『ティーン・パワーをよろしく』（講談社）、『魚屋しめ一物語』（くもん出版）等。

本書掲載の「となりのミミ子」「ひみつの部屋」「コビトのコビトの話」「猫のリリー」「まねっこさがし」は、青土社より刊行された『郵便配達と夜の国』『屋根裏の私の小さな部屋』に漫画として発表された作品を、小説として書き起こし漫画を加筆修正して構成したものです。「いつもと同じことしない同盟」は本書のための描き下ろしです。

誰も知らない小さな魔法
2024年3月19日　初版発行

作者　大庭賢哉
発行者　吉川廣通
発行所　株式会社静山社
〒102-0073 東京都千代田区九段北1-15-15
電話03-5210-7221
https://www.sayzansha.com
印刷・製本　中央精版印刷株式会社
装丁　城所潤＋大谷浩介（ジュン・キドコロ・デザイン）

　ISBN978-4-86389-808-0